Wunschmuscheln und Sturmküsse

Jule Hansen

Jule Hansen
c/o Block Services
Stuttgarter Str. 106
70736 Fellbach

Covergestaltung / Buchgestaltung unter Verwendung von Stockfotos /
@ canva www.Canva.com

Inhalt

Kapitel 1

Rieke

Und da ist sie - einfach so - halb im Sand vergraben und tut so, als wäre nichts Besonderes an ihr. Dabei ist sie die perfekte Muschel! Ein breites Grinsen breitet sich in meinem Gesicht aus, und ich werfe einen kurzen Blick um mich, um sicherzustellen, dass niemand meinen albernen Freudentanz beobachtet. Natürlich ist um diese Zeit niemand am Strand, weder zu dieser Jahreszeit noch zu dieser frühen Uhrzeit. Es ist Mitte November, und die Sonne ist noch nicht aufgegangen, aber in ein paar Minuten wird der Himmel in wunderschöne Farben getaucht sein. Heute Morgen habe ich ein gutes Gefühl. Es wird ein guter Tag! Ein perfekter, um genau zu sein! Warum? Weil dort im lila Morgenlicht meine Muschel liegt.

Eine typische Ostseemuschel, auf den ersten Blick nichts Ungewöhnliches. Eine weiße Herzmuschel, unbewohnt und unbeschädigt. Und: beide Hälften! Über so einen Fund freut sich jeder in Söteby. Oder zumindest die, die einen Wunsch ans Meer haben.

Einen kleinen bis mittelgroßen Wunsch. Denn wer richtig groß träumt, wie einen Schatz zu finden, das Bernsteinzimmer oder Atlantis (das, glaubt man uns Fiete, ohnehin auf der Nordsee-Seite kurz vor Helgoland liegt und nicht hier bei uns in der Ostsee), wird mit einer Muschel nichts. Aber wer eine Nummer kleiner wünscht, für den ist eine Muschel mit beiden Hälften eben etwas Besonderes. Eine Wunschmuschel!

„Na du!" Ich hebe meinen kleinen Schatz auf und puste den Sand ab. Ein Tag, der so anfängt, kann gar nicht schlecht werden. Heute wieder eine halbe Stunde früher aufzustehen, um an den Strand zu gehen, hat sich wie immer gelohnt.

Natürlich bin ich nicht kurz vor Sonnenaufgang am Strand, um Muscheln zu suchen. Ich bin jeden Tag hier, jeden Morgen. Ich liebe es, so früh am Strand entlangzulaufen, die Ruhe vor meinem wuseligen Tag zu genießen. Tief atme ich die klare Luft ein, bevor ich zwischen warmer Küche und dem Tresen hin und her laufen werde. Dieser Tagesbeginn ist ein Ritual, das ich sehr genieße. Ich freue mich auf die Arbeit, aber ich liebe das Rauschen der Wellen am Morgen. Unvorstellbar, darauf zu verzichten. Nie könnte ich woanders leben als hier, diesen Anblick gegen Häuserschluchten und dieses Rauschen gegen Straßenlärm eintauschen. Städter sind mir ein Rätsel.

Ich sauge die salzige Luft ein und ich lausche den Geräuschen des Meeres. Wenn ich die Augen schließe und dem Meer lausche, klingt das gleichmäßige Rollen der Wellen wie ein

Herzschlag, wie der Puls der Erde. Ich weiß, dass die See auch anders kann, ganz anders, aber wenn ich hier so stehe und ihr lausche, fühle ich mich … na ja. Geborgen. Oder so. Ich schüttele den Kopf. So viele hochphilosophische Gedanken auf nüchternen Magen. Das muss von der Muschel kommen.

Die Muschel! „Was mach ich jetzt mit dir?“

Aufgeregt suche ich in meiner Tasche nach einem der Kellner-Blöcke, die ich immer bei mir habe. Obwohl ich schon längst auf ein elektronisches System umstellen wollte, ist das das vierte Jahr in Folge, in dem ich meine Aushilfe altmodisch mit Block und Stift losschicke. Zwar schimpft Torge darüber ständig, aber ganz ehrlich, bei der doch recht übersichtlichen Speisekarte des *Strandkiekers* ist es kein Problem, sich die Bestellungen der Gäste zu merken oder kurz zu notieren. Viele Tische haben wir ja auch nicht, also ginge das sehr wohl. Allerdings ist Torge wohl nicht glücklich, wenn er sich nicht über etwas aufregen kann. Leider regt er sich manchmal auch über die Gäste auf – vor den Gästen. Ich seufze und starre auf die leere Seite.

Ich habe diese schmalen Blöcke immer bei mir, falls mir unterwegs ein neues Rezept einfällt. Jetzt allerdings brauche ich nur einen schmalen Streifen Papier, um meinen Wunsch aufzuschreiben. Ich lasse mich in den noch feuchten, kühlen Sand plumpsen und verkünde der Muschel: „Dann wollen wir mal."

Ich muss nur meinen größten Wunsch aufschreiben und ... und dann fällt mir nichts ein. Dammich! Alles, woran ich denken kann, ist ... die Arbeit. Ich brauche dringend Hilfe im *Strandkieker*, zumindest für die kommende Weihnachtssaison. Meine neue Aushilfe Torge ist gut, aber ... speziell. Und eigentlich will er doch lieber mit einem Kaffee vor dem Restaurant sitzen und Spielzeug für seine kleine Schwester schnitzen. Was er deutlich besser kann als kellnern. Bildhauer will er einmal werden und das passt besser zu ihm Aushilfe im *Strandkieker*. Er hilft mir auch nur, weil ich sonst wirklich niemanden gefunden habe. Aber eine Servicekraft wünschen? Damit kann ich doch meinen einen Wunsch ans Meer nicht verschwenden!

Natürlich pirscht sich ein anderer Wunsch

fies von der Seite an. Für eine Sekunde sehe ich Alexander vor mir, spüre seine Arme um mich und vergesse fast, was für ein hinterlistiges, verlogenes Arschloch er ist. Würde ich mir ihn zurückwünschen, würde ich damit noch mehr zerstören, als ich es ohnehin schon getan habe.

Ich schiebe den kalten Strandsand neben meinem Bein zu einem kleinen Haufen und klopfe ihn dann mit der flachen Hand wieder platt. Ein Wunsch.

Immer noch fällt mir nichts ein. Das ist, als hätte man furchtbaren Hunger und träfe ausgerechnet dann, wenn man nur an Backfisch und Pommes denken kann, eine gute Fee, die einem drei Wünsche gewährt. Die dann wofür draufgehen? Richtig. Backfisch, eine große Portion Pommes und bitte noch eine kleine Limo dazu, vielen Dank.

Eine gute Aushilfe wünschen fällt aus. Die große Liebe vielleicht? Das wäre doch nett, wenn mit den ganzen Touristen ein Single ins Dorf käme, der humorvoll, gut aussehend (gern blond, etwas raubeinig, auf jeden Fall Single!) und ehrlich wäre. Vor allem ehrlich. Und verständnisvoll genug, um zu akzeptieren, dass ich die meiste Zeit arbeite und das auch noch gern tue.

„Ist das denn so schwer?“, rufe ich dem Meer entgegen. Eine Welle rollt gefährlich nah an meinen Fuß. „Ja, ‘tschuldigung. Ich meine ja nur.“

Sogar mein wortkarger Bruder Mattis hat es geschafft, in unserem kleinen Dorf eine Frau zu finden. Die zwar nicht von hier kommt, es aber völlig in Ordnung findet, dass er ständig auf See ist. Weil Helene (zukünftige Schwägerin und beste Neu-Sötebyerin) eben auch ein eigenes Leben hat.

Vielleicht sollte ich mir einfach etwas für Mattis und Helene wünschen, wo mir doch für mich nichts einfällt. Obwohl, nee, die zwei sind unanständig glücklich. Und vielleicht verstößt es gegen ungeschriebene Wunschmuschelgesetze. Wer weiß das schon.

„Was nu, was nu?“, murmele ich.

Viel Zeit bleibt mir nicht, in wenigen Minuten muss ich den Laden aufschließen, die Kaffeemaschine anschmeißen und mich auf die ersten Frühstücksbestellungen vorbereiten. Meine Stammkunden zählen auf mich. Die Sonne kriecht schon langsam über den Horizont, für einen kurzen Moment erstrahlen Meer und Himmel in einem satten Rotton, durchsetzt von dunkelvioletten Wolkenfetzen. Umwerfend schön. Es könnte nur noch schöner sein, wenn ich diesen Anblick mit jemandem teilen könnte. Oder wenn ich entspannter sein könnte, weil jemand im *Strandkieker* hilft.

Ach, komm. Soll das Meer entscheiden, was wichtiger ist, wenn ich es nicht kann. Schnell schreibe ich auf den Streifen Papier, den ich abgerissen habe: „Schick mir den Menschen, den ich am meisten brauche."

Eindeutig zweideutig. Geht doch. Ich rolle den Streifen säuberlich auf, lege ihn in die Muschel und laufe so schnell ich kann zum Findling. Der große Stein liegt genau dort, wo die eiszeitlichen Gletscher ihn hingeschleppt haben: zwischen Hafen und Strand, an der Stelle, an der früher die Frauen aufs Meer hinausgesehen haben und auf die Rückkehr ihrer Männer warteten. Ich lege die Muschel in die kleine Aushöhlung an der Seeseite des Steins. Die Kuhle im Stein, in der seit Jahrhunderten die Wünsche der Sötebyer und Sötebyerinnen liegen und auf ihre Erfüllung warten.

Natürlich glaube ich nicht *wirklich* daran. Auch wenn mein Bruder gern von mir behauptet, ich wäre abergläubisch und bereit, alles Mögliche zu glauben. Kein Stück. Mattis ist einfach nur unfassbar fantasielos. Beim Bleigießen früher hat er in allem einen geschmolzenen Bleiklumpen gesehen, wo ich Meerjungfrauen und Drachen aus der Wasserschale geholt habe. Was spricht dagegen, ein wenig auf Magie zu hoffen? Und wo doch der Stein schon so lange für uns zuständig ist ... wer weiß. Nur weil man vernünftig sein will, heißt es nicht, dass man keine Träume mehr hat.

„Na, dann zeig mal, was du kannst", sage ich.

Dann binde ich mir die Haare zum Zopf mit der dafür nötigen norddeutschen Drehung: Gegen den Wind stellen, Haare zurückwehen lassen, schnell zusammennehmen, Haargummi reintüdeln.

Meinetwegen kann es losgehen. Mit diesem Tag und mit der Erfüllung meines Wunsches.

Irgendeines Wunsches. Ich wäre dann jetzt so weit. Ein bisschen Glück habe ich nach diesem Jahr einfach verdient. Oder?

Kapitel 2

David

Gibts nich." Ein junger Kellner sieht mich gelangweilt an. „Nur Kaffee. Schwarz oder mit Milch. Hafermilch haben wir."

Frisch geröstet hatte ich nicht erwartet, aber doch wenigstens einen Espresso. Das kommt davon, wenn man irgendwo ins Nirgendwo fährt. Keine Kaffee-Szene, keine handaufgebrühten Spezialitäten. Aber immerhin habe ich in diesem Kaff sofort ein kleines Restaurant gefunden.

Zumindest steht Restaurant auf dem Fenster, ich würde doch eher Bistro dazu sagen. Wie auch immer, hier kommt sicher das ganze Dorf zusammen, um Klatsch und Tratsch auszutauschen. Solche Orte sind perfekt, um Informationen über das Geschehen zu bekommen. Kiosk, Bäcker, Café. Das sind meine Anlaufstellen.

„Dann einen Kaffee“, sage ich. „Ohne alles.“

Der Kellner sieht mich leidend an, murmelt „geht doch“ und schlurft zurück in den Gastraum. Na, da hat aber jemand seinen Traumjob gefunden.

Für einen Freitagnachmittag im Nirgendwo ist hier erstaunlich viel los. Aber das sind wohl Wochenendausflügler, von denen ich gelesen habe. Während ich mir die rote Decke über die Knie lege (es ist wirklich kühl hier oben), stelle ich fest, dass ich meiner Recherche gar nicht wirklich geglaubt habe. Es ist tatsächlich erstaunlich, dass es Menschen gibt, die ihre Wochenenden im matschgrauen Schleswig-

Holstein verbringen wollen. Warum? Ist mir absolut schleierhaft.

An den kleinen, runden Tischen auf dem Gehweg sitzen, in dicke Decken gekuschelt, Gäste, die zufrieden auf die Bucht sehen. Es ist aber auch hübsch hier. Super Lage, da hat jemand ein Näschen fürs Geschäft. Ich lächele die Gäste am Nachbartisch an. Touristen? Einheimische? Zurück kommt ein halbes Lächeln. Aha. Einheimische, die ihrem Ruf alle Ehre machen. Verschlossene Norddeutsche. Das wird nicht leicht.

Aber ich habe beschlossen, im *Strandkieker* meine ersten Kontakte zu knüpfen. Passender Name für das winzige Restaurant, denn von hier kann man direkt auf den Strand sehen, der gegenüber der Promenade liegt. Ich strecke meine Beine unter dem Tisch aus. Vielleicht sollte ich nach dem Kaffee etwas am Strand entlanglaufen, um die stundenlange Fahrt von mir abzuschütteln. Ich atme tief ein und zu dem Geruch von Gischt und Salzwasser gesellt sich der Duft von frisch gebackenem Brot. Kein Wunder, denn eine Ape mit der Aufschrift „Hannes' Backhus" hat vor dem *Strandkieker* angehalten.

Dieses wendige Zwischending aus Motorroller und Transporter mit drei Rädern ist mit dem Logo von *Hannes' Backhus* verziert. Irgendwie passend, dass der örtliche Bäcker in so einem kleinen Gefährt durch das Dorf tuckert. Das lässt sofort Urlaubsgefühle aufkommen. Dabei bin ich gar nicht für einen Urlaub hier. Aber es ist ein Bild, das sich gut in einer Hochglanzbroschüre machen wird. Genau wie der Rest des Städtchens. Es ist zwar so weit ab vom Schuss, dass ich die letzten Kilometer Diskussionen mit meinem Navi darüber hatte, ob es dieses Dorf wirklich gibt oder nicht, aber es sieht hier erstaunlich niedlich aus. Kleine, weiße Häuser mit wilden Gärten, ein paar Reetdachhäuser – Postkartenidylle vom Feinsten.

Ein kräftiger kleiner Mann springt aus dem Rollermobil, öffnet die Klappe des winzigen Transporters und trägt zwei Körbe mit frischen, duftenden Brötchen durch die offenen Türen des *Strandkiekers*. Ich muss an die Zeichentrickfilme denken, die ich als Kind gesehen habe, in denen die Figuren den verlockenden Duftschwaden wie ferngesteuert folgen. Genauso fühle ich mich jetzt, als ich jeden Schritt des Bäckers verfolge, Nase fest auf das Backwerk gerichtet. Wie das duftet!

Wenn der unmotivierte Kellner wieder auftaucht, sollte ich doch etwas zu essen bestellen. Irgendetwas, was mit diesen Brötchen zu tun hat, die der Lieferant – vermutlich Hannes selbst – gerade im Restaurant am Tresen abstellt.

Aber der Kellner lässt auf sich warten. Vielleicht ticken die Uhren hier anders. Die anderen Gäste genießen die Novembersonne, ein kleiner Junge versucht, den hässlichen Hund des älteren Herren am Nachbartisch mit Pommes zu füttern – indem er sie ihm zuwirft. Das allerdings interessiert den großen und wirklich enorm hässlichen Hund nicht, denn das riesige Tier liegt neben seinem zeitungslesenden Herrchen auf dem Boden und schnarcht laut und zufrieden.

Ich würde sagen, das arme Tier braucht keine Pommes, denn das, was ich durch die Stuhlbeine so sehen kann, sieht nicht gesund aus. Ein übergewichtiges Tier mit drahtig kurzem Fell. Ich verstehe nicht, warum sein Besitzer nicht besser auf ihn achtet.

Allerdings sieht auch das Herrchen des dicken Hundes eher merkwürdig aus. Ein alter Mann mit wirren, weißen Locken, in die er eine leuchtend gelbe Sonnenbrille geschoben hat. Seine alten, drahtigen Beine stecken in braunen Cordhosen, zu denen er einen weiten, kreischgrünen Strickpulli und einen dicken blauen Schal trägt. Sicher nicht von hier. Sagt man nicht, dass die Norddeutschen eher in hanseatischem Schick unterwegs wären? Das möchte ich sehr hoffen, denn nach ausgiebiger Überlegung habe ich mich in mein überzeugendstes Ostsee-Winter-Outfit geworfen. Marineblauer Mantel, wollweißer Troyer, Designerjeans, derbe Boots. Ich bin dermaßen unauffällig nordisch.

Sehr nordisch ist auch die Möwe, die vor dem Restaurant auf einem Autodach steht und mit ihren gelben Augen aufmerksam verfolgt, was da so durch die Gegend geworfen wird. Jeder Pommes-Flugkurve folgt sie mit dem Schnabel. Ich kann ihr ihre Aufregung geradezu ansehen. Nervös legt sie den Kopf schräg und tapst zögernd vor und zurück, als würde sie die ideale

Flugbahn und den richtigen Moment berechnen, um sich auf die Pommes zu stürzen.

Plötzlich kommt der junge Kellner durch die Tür, erstaunlich energisch und bewaffnet mit einem Tablett voller Kaffeebecher.

Das ist eine dieser Zeitlupe-Situationen, in denen man gar nicht rechtzeitig reagieren *kann*, weil alles auf einmal geschieht. Gleichzeitig unfassbar schnell und sehr, sehr langsam. Es ist allen klar, was passieren wird, nur dem Kellner nicht.

Denn natürlich rutscht er auf den geworfenen Pommes aus. Geradezu grazil rettet er sich: Während er auf dem Kartoffelmatsch nach vorn schlittert, lehnt er sich weit zurück und streckt das Tablett von sich, um die Balance zu halten. Was ihm auch kurz gelingt, doch dann entscheidet die Möwe, dass ihr großer Moment gekommen ist und stürzt sich ins Geschehen. Flügel flattern, irgendetwas quiekt laut, der Kellner, der fast sein Gleichgewicht zurückerlangt hatte beginnt wie wild herumzutanzen, um der Möwe auszuweichen. Dabei hält er das Tablett mit den Kaffeebechern hoch über seinen Kopf – als wäre es sein letzter Besitzstand.

Eine Frau kommt aus dem Restaurant gestürmt und lässt ein Geschirrtuch über ihrem Kopf kreisen, wobei sie wild „Radieschen! Lass das!“ brüllt. Ihr dunkler Zopf weht im Wind und ihr Ausdruck ist so energisch, dass ich sofort alles lassen würde, was sie verlangt. Da geht es der Möwe nicht anders.

Gerade im Landeanflug reißt der Vogel wieder hoch wie ein Kunstflieger auf einer Flugshow, rast damit aber direkt auf den Kellner zu. Der sich prompt wieder im Kreis dreht. Die Kaffeebecher klirren bedenklich.

„Oh nein“, murmle ich. David, dein Einsatz.

Mit schnellen Schritten eile ich zum Tisch des alten Herren neben mir und schnappe das Tablett aus der Luft, auf dem sich die Kaffeebecher gerade selbstständig machen.

Ich übernehme den Schwung des Tabletts und drehe mich selbst einmal im Kreis, bevor ich das Tablett stabilisieren kann. In der Drehung rausche in die Frau mit dem Geschirrtuch und packe sie an der Hüfte, um sie nicht umzuwerfen. Sie wirbelt mit mir herum, ein sehr eleganter kleiner Tanz, den wir nicht besser hätten hinbekommen können, wenn mir Monate dafür trainiert hätten.

Neben uns stürzt der Kellner krachend auf den Tisch der Familie des kleinen Pommeswerfers. Er geht mitsamt Getränken, Pommes und Tisch zu Boden.

„Noch mal!“, quiekt der kleine Junge vergnügt und klatscht begeistert. Die anderen Gäste schließen sich an und applaudieren uns.

Die Frau in meinem Arm sieht mich fragend an. Grüne Augen, Sommersprossen. Sie wirft mir einen kühlen Blick aus den großen Augen zu und lenkt dann meine Aufmerksamkeit auf meine Hand, die immer noch um ihre Taille liegt. Oh.

„Entschuldige.“ Ich lasse sie los und stelle das Tablett auf den Tisch vor mir.

Sie verbeugt sich lachend vor den Gästen. „Vielen Dank, sehen Sie auch morgen wieder vorbei, wenn tollkühne Kellner und verrückte Möwen die nächste Show geben. Aber jetzt müssen wir ebendiesen Kellner erst mal wieder auf die Füße stellen."

Meine unfreiwillige Tanzpartnerin geht in die Knie und reicht dem jungen Mann ihre Hand. „Bist du okay, Torge?"

„Sehe ich okay aus?" Der Kellner stöhnt schmerzerfüllt und zupft sich Pommes aus dem Haar. „Ich habe etwas Knallen gehört. In meinem Fuß."

∞∞∞

„Jo", sagt der alte Mann und schiebt sich die gelbe Sonnenbrille zurück ins Haar. „Ich sach mal: Verstaucht. Mindestens. Bestimmt Bänderriss."

Alle Umstehenden nicken schweigend. Der Kellner sitzt auf einem Stuhl, das Bein auf einen zweiten Stuhl gelegt, das Gesicht schmerzverzerrt und lässt sich begutachten.

Unter anderem von einem großen, freundlich dreinsehenden Schwein. Denn der vermeintlich hässliche Hund des farbenfroh gekleideten älteren Herren ist ein Schwein. Und für ein solches ... vermutlich ganz hübsch. Was allerdings nicht erklärt, warum ein Gast eines Restaurants mit einem großen, schwarz-weißen Angler Sattelschwein herumläuft, als wäre es das normalste der Welt.

Besagter alter Mann fängt meinen Blick auf und scheint sofort zu verstehen, was ich denke. „Horatio ist angeleint", sagt er schulterzuckend. „Und wir sitzen draußen."

Ach. Wenn das so ist. Wird wohl alles in Ordnung sein. Ich versuche, mir mein innerliches Kopfschütteln nicht anmerken zu lassen. Auf dem Dorf ist immer alles ein wenig anders als in der Stadt.

Die handtuchschwingende Frau taucht wieder auf und legt dem Kellner eine mit Eiswürfeln gefüllte Mülltüte in die Hand.

„Gegen die Schwellung." Sie streicht sich eine braune Haarsträhne aus dem Gesicht, die sich während des ganzen Tohuwabohu aus ihrem Pferdeschwanz gelöst hat.

Sie sieht mich an und strahlt übers ganze

Gesicht. Sie hat eine niedliche Nase und ein Grübchen, wenn sie lächelt. Dann ist wohl nicht alles am Norden grau und trüb. Sie jedenfalls strahlt.

„Hey", sagt sie, als wäre ihr gerade erst wieder eingefallen, dass ich da bin. „Ich bin Rieke. Danke, dass du Torge … na ja, gerettet hast du ihn ja nicht direkt."

Sie lächelt mitleidig zu dem jungen Mann – Torge – der sich leise fluchend sein improvisiertes Kühlpad gegen den Knöchel drückt.

„Aber mich hat er vor 'ner ordentlichen Kaffeedusche bewahrt." Der Schweine-Besitzer streckt mir die Hand entgegen. „Friedrich Ingwer Ingwersen. Kurz Fiete. Sehr erfreut und bannig dankbar, min Jung."

„Hallo", sage ich und ärgere mich kurz, da es in meinen Recherchen hieß, dass man sich zu jeder Tages- und Nachtzeit mit Moin begrüßt. Weil es nicht, wie ich dachte, ‚Morgen' bedeutet und daher universell einsetzbar ist. „Ich bin David."

Neben mir stöhnt Torge. „Supi. Und ich

bin verletzt und würde dann jetzt gern zu Doc Petersen. Also, wenn ihr da mit den Höflichkeiten fertig seid.”

„‘Tschuldigung”, sagt Rieke. „Natürlich. Ich glaube, der Arzt hat gerade Mittagspause. Aber ich ruf’ mal kurz Antje an, dann kann sie bei ihm klopfen und Bescheid sagen, dass ihr kommt.“

„Fantastisch“, murmelt Torge genervt. „Verdammte Möwe“, schiebt er hinterher.

Niemand antwortet, also sieht er mich herausfordernd an. Habe ich eine Meinung zu Möwen? Bisher fand ich immer, ihr Kreischen läutet den Urlaub ein.

„Ja. Blöde Möwe”, sage ich zustimmend. Schließlich wäre es gut, wenn ich mit den Einheimischen einer Meinung wäre. Gibt Sympathiepunkte. „Da sollte euer Boss mal was unternehmen.”

Torge zieht die Augenbrauen zusammen. Hat er jetzt stärkere Schmerzen oder habe ich etwas Falsches gesagt?

„Rieke hat doch was gemacht”, sagt er. „Handtuch und so?” Er sieht mich an, als wäre ich völlig dämlich. Dann nickt mit dem Kinn in Riekes Richtung, die gerade ihr Telefonat beendet.

„Was ist mit mir?“ Sie lässt ihr Handy in ihre Schürzentasche gleiten.

„Boss.“ Torge zieht die Augenbraue hoch, als wäre das jawohl selbstverständlich und würde alles erklären.

Aha. „Du bist hier die Chefin?”

Sie grinst zufrieden. „Jawohl, Chefin und Köchin, Rieke Wilken.”

Ihre grünen Augen leuchten und sie hat diese winzigen Linien, die einmal Lachfältchen werden, und da sind winzige Sommersprossen auf ihrer Nasenspitze und … was wollte ich sagen? Ich muss extrem perplex gucken, denn alle sehen mich fragend an.

„Hast du ein Problem damit, dass Rieke hier *der* Boss ist?”, fragt Torge spitz.

„Was? Ich … nein. Nein!” Ich schüttele den Kopf. „Ich dachte nur nicht, dass sie … also … ich wollte sagen …”

„Aha", sagt der verletzte Kellner triumphierend. „Ein Mann, der mit Frauen in Machtposition ein Problem hat."

Rieke blinzelt und sieht zwischen uns hin und her. Mit schräg gelegtem Kopf und verschmitztem Lächeln wartet sie auf meine Antwort. Ich fasse es nicht. Sie sieht, dass ich hier über ganz dünnes Eis schlittere und findet es amüsant!

„Machtposition?" Ich funkele Torge (hoffentlich eindrucksvoll) an. „Ich habe überhaupt kein Problem mit Frauen in … das ist doch Quatsch! Ich dachte eben, sie wäre nur eine Kellnerin!"

„*Nur*?", empört Torge sich. „*Nur* Kellnerin? Hör mal, Meister, ich bin Kellner und mächtig! Ich habe die Macht, dir in den Kaffee zu spucken."

„Torge!", ruft Rieke entsetzt. „Du kannst doch den Gästen nicht …"

„Theoretisch." Torge winkt ab. „Ich mein ja nur. Keine Macht. Pff. Wohl habe ich Macht."

„Das wollte ich nicht sagen." Gott, ich brauche Urlaub! Ich massiere meine Nasenwurzel und beschließe, lieber die Klappe zu halten, bevor ich noch um Kopf um Kragen rede. Die scheinen hier alle ein wenig durchgeknallt zu sein.

Plötzlich herrscht absolute Stille und alle starren mich an. Sogar die Möwe, die wieder ihren Platz auf dem Autodach eingenommen hat, sieht schockiert aus. Ah. Verdammt. „Ich habe das gerade laut gesagt, oder?"

Rieke kichert und flüstert mir zu: „Wir sind nicht *alle* durchgeknallt. Man munkelt, einige der Gäste sollen sehr aufgeräumt sein."

„Obacht!", ruft Fiete, „das muss ich nicht auf mir sitzen lassen!"

Na, das ist ja mal der perfekte Start für diesen Auftrag. Ich kann mich eigentlich gleich wieder auf den Rückweg machen. Sollen sie jemand anders an die Küste schicken.

„Sorry", murmele ich etwas kraftlos.

Lachend fragt Rieke: „Kann jemand von euch Torge fahren? Ich kann hier nicht weg." Sie deutet zur Erklärung auf die Gäste, die langsam wieder zu ihren Tischen gehen, weil ein verstauchtes Fußgelenk wohl nicht ganz so unterhaltsam ist wie die Show davor.

„Mach ich", sagt der Brötchenlieferant. „Muss sowieso da lang."

„Ich kann garantiert morgen nicht arbeiten", verkündet Torge beim Aufstehen und zieht zischend Luft zwischen die Zähne, als er versucht, den Fuß zu belasten.

„Nee, nee", sagt Fiete kopfschüttelnd. „Ich sach di dat: Wann da was gerissen ist, wirst du den ganzen Winter nich orntlich lopen können."

Der humpelnde Torge winselt und legt dem Bäcker den Arm um die Schultern. Und schon wird er auf die jetzt leere Ladefläche der Ape gehievt, als würde er gar nichts wiegen.

„Knöf hat er ja, uns Hannes", sagt Fiete, während wir den beiden hinterher sehen.

„Mhm. Kommt von den Mehlsäcken." Rieke nickt und die beiden schweigen andächtig.

Plötzlich klatsch Rieke in die Hände, der stille Moment scheint vorbei. Fiete und das Schwein, das aus unerfindlichen Gründen Horatio heißt, kehren an ihren Platz zurück, das Horatio legt sich wieder zu Fietes Füßen und es kehrt Stille ein.

Rieke bindet sich die Haare neu und stemmt die Fäuste in die Hüften. „Danke noch mal", sagt sie. „Das war sehr geschickt von dir. Sehr akrobatisch. Machst du so was öfter? Kellnerst du zufällig beruflich? Ach, und wie heißt du noch mal? Machst du hier Urlaub? Warst du schon mal hier? Kannst du gut Kopfrechnen?"

Ich muss fast lachen über den Schwall an Fragen. „Du bist sehr neugierig."

Sie legt den Kopf schräg und klimpert unschuldig mit den Wimpern. „Ich? Ach, woher denn. Ich bin nur interessiert."

„So, so. Du bist also interessiert." Ich kann mir ein Grinsen nicht verkneifen.

„Nicht an dir", sagt sie schnell. Jetzt wird sie ein wenig rot unter den Sommersprossen. „Eher allgemein. Ich bin allgemein interessiert an Menschen. Ich ... ach, du weißt schon. Gastfreundlich. Nicht neugierig." Sie schüttelt den Kopf über sich selbst. „Du musst natürlich gar nicht antworten. Ich frage nur."

„Aha.“

Rieke, die kein bisschen neugierig, sondern nur interessiert ist, sieht mich weiter gespannt an.

Ich lache. Also muss ich sehr wohl antworten. „Ich bin David und nein, ich mache keinen Urlaub, ich bin wegen eines Jobs hier.“ Ah. Verdammt. *Wegen eines Jobs hier,* ich höre mich an wie ein Auftragskiller aus einem schlechten Film. „Und ja, ich kann kellnern und Kopfrechnen.“

„Ist nicht wahr!“, keucht Rieke. „Ich habe doch gerade erst … wow.“

Sie lächelt mich an, als wäre ich so ziemlich das Tollste, was sie je gesehen hat. „Dass du Erfahrung im Kellnern hast, hab ich ja jetzt schon gesehen.“

Ist das jetzt eine Frage? Ich nicke einfach mal. „Ich habe während des Studiums in einem Pub gejobbt.”

Rieke strahlt übers ganze Gesicht. „Und dann tauchst du in genau an dem Tag auf, an dem … ach klar! Du hast den Job!“

Ich habe den bitte was?!

Rieke nickt zufrieden und sieht mich an, als hätte sie mir gerade einen riesigen Gefallen getan. Und als wäre sie die glücklichste Frau an der Ostseeküste. „Dann bleibst du also für den Rest der Saison? Bis nach Silvester?“

„Ich … ja?“ Was kann ich denn bei diesem Gesicht anderes sagen? „Ja, ich bleibe für den Rest der Saison.“

Ich brauche ohnehin Urlaub. Dann kann ich nebenbei herausfinden, warum das mit dem Verkauf eines Grundstücks hier so schwierig ist und nebenbei … kellnern? Hm. Das ist nicht ganz der Weihnachtsurlaub, den ich mir vorgestellt habe. Sonne, Wellen und ausspannen war der Plan. Je weiter südlich, desto besser. Gibt aber sicher Fleißbienchen vom Chef und vielleicht sogar die nächste Gehaltserhöhung. Nicht, dass ich wirklich Zeit hätte, Geld für etwas auszugeben, schließlich ist das nicht der erste Urlaub, der in den vergangenen Jahren dem Job zum Opfer fällt.

„Oh, perfekt! Ich kann es gar nicht glauben, dass du heute angekommen bist.“ Rieke presst sich die Hände an die Wangen und flüstert ganz ergriffen. „Das ist … unglaublich. Wie ein Wunder."

Was soll ich dazu sagen? Ich war noch nie an Wundern beteiligt. Mein Fachgebiet sind eher sture Grundstücksbesitzer und langwierige Begutachtungen.

Fiete, der neben uns sitzt, lässt seine Zeitung sinken und sieht mich nachdenklich an. „Dich schickt also der Himmel?"

Rieke und ich rufen gleichzeitig: „Definitiv nicht!"

Nur klinge ich deutlich entrüsteter als sie. Obwohl. Hatte ich nicht vorhin festgestellt, dass in so einem Dorfbistro alle Informationen, jeglicher Klatsch und Tratsch zusammenkommt? Wäre es da nicht sinnvoll, direkt an der Quelle zu sein und das ohne doofe Ausreden? Ich lächele Rieke an. „Wann soll ich anfangen?"

Kapitel 3

Rieke

Und du hast nicht gleich Lotto gespielt?" Sarah sieht mich mit gespieltem Entsetzen an.

Helene, bei der ich meinen neuen Kellner untergebracht habe, runzelt verwirrt die Stirn. „Warum Lotto?"

Wir sitzen in ihrer Küche und trinken Tee. Irgendwo über uns richtet sich David gerade in einem der Gästezimmer ein, eine Dusche rauscht. Dass er nach dem langen Tag überhaupt noch wach ist … ist ein gutes Zeichen, dann ist er auch während der Hauptsaison belastbar.

„Hast du deinen Glückstag?“ Helene schenkt Tee nach und wickelt ihre Strickjacke enger um sich.

Wir haben uns im vergangenen Jahr angewöhnt, uns abends nach der Arbeit zu treffen und Klönschnack zu halten. Manchmal bringe ich etwas zu Essen mit, um mir eine Meinung zu neuen Rezepten zu holen und manchmal präsentiert Helene eine neue Bonbonsorte, um unsere Meinung zu hören. Eine Bonbonköchin als zukünftige Schwägerin? Da kann man nicht meckern. Hat er gut gemacht, mein Bruder, sich in sie zu verlieben. Fast hätte ich ja die Hoffnung für ihn aufgegeben.

„Ja“, beantworte ich ihre Frage. „Das ist schon irgendwie ein Glückstag.“

Sarah und ich haben Helene einfach sofort in unseren Freundeskreis aufgenommen. Sie ist fantastisch. Außerdem betreibt sie diese kleine Pension in dem Haus, das ihre Tante ihr vermacht hat. Zum Glück hält sie, genau wie ihre Tante früher, immer ein Zimmer für Menschen in Not frei. Sonst hätte ich nicht gewusst, wohin mit David.

Ich bin immer noch erstaunt, dass er so plötzlich im *Strandkieker* aufgetaucht ist. Ohne alles. Er hatte weder alle Unterlagen parat, noch hatte er ein Zimmer gebucht.

„Man fährt doch nicht morgens in Frankfurt los“, murmele ich nachdenklich, „und landet ausgerechnet Söteby, um dort nach einem Job zu suchen.“

„Ach, na ja.“ Helene lächelt verträumt in ihren Tee. „Ich bin nachts ohne einen Plan aus Berlin losgefahren und ...“

Ich seufze. „Das ist doch was ganz anderes!”

„Warum denn?” Sarah lacht glucksend. „Du hast es dir gewünscht, also hat dein Muschelwunsch ihn direkt ins Auto gezaubert und Simsalabim, da ist er.”

Ich verdrehe die Augen. „Anders als viele hier denken”, erkläre ich, „glaube ich überhaupt nicht daran, dass diese Wunschmuschelsache funktioniert. Also nicht wirklich. Ich glaube ja nicht an so Spökenkiekerei und so."

Helene und meine beste Freundin nicken sich wissend zu, draußen kreischt eine Möwe und es klingt, als würde sie fröhlich „von wegen" rufen.

„Nee!", protestiere ich. „Gar nicht."

„Okay, du bist also eine ganz rationale Persönlichkeit", sagt Helene. „Aber erklär doch mal der zugezogenen Berlinerin, was genau es mit dieser Muschel auf sich hat. Wie funktioniert das genau?"

Also erzähle ich von der Muschel und Helene bemüht sich um einen neutralen Gesichtsausdruck. Rechne ich ihr hoch an.

„Du siehst", schlussfolgere ich, „die Sache mit den Muscheln und dem Findling ist das Sötebyer Pendant zur Bräutigameiche. Nur mit Wünschen."

Helene blinzelt verwirrt. „Bräutigameiche? Ist die auch hier? Wünscht man sich da einen Bräutigam?"

Sarah lächelt. „Die Eiche steht nicht in Söteby,

sondern im Dodauer Forst. Bei Eutin. Das ist weiter südlich von hier. Es ist eine fünfhundert Jahre alte schleswig-holsteinische Doppeleiche.“

„Oh.“ Helene nickt. „Und das ist etwas Besonderes, solch eine Doppeleiche?”

Och, irrelevant. Ich schüttele den Kopf. „Nee, nur typisch für Schleswig-Holstein, weil sie für die Herzogtümer Schleswig und Holstein steht.”

„Up ewig ungedeelt”, erklärt Sarah.

„Aha.“ Helene hat wieder diesen Blick, den sie immer bekommt, wenn wir ihr etwas von Schleswig-Holstein erzählen. Als wären wir alle furchtbar niedlich.

„Ja, egal, das ist langweilig”, sage ich. „Geschichte, blabla. Interessant ist die Sache mit den Briefen. Weil, die Eiche hat nämlich eine eigene Postanschrift und wer heiraten will, schreibt dahin, der Postbote steckt den Brief in das dafür vorgesehene Astloch und dann liest jemand den und dann …”

„Große Liebe und das alles“, sagt Sarah gelangweilt. „Die Eiche hat schon über hundert Ehen vermittelt.”

„Ach was.“ Helene lächelt ganz verzückt. „Wie süß ist das denn! Und eure Muschelsache ist genauso?“

„Nee, eben nicht”, sage ich. „Wir legen eine Muschel mit einem Wunsch in das Loch im alten Findling.“ Hm. Das klingt tatsächlich etwas schräg. „Aber der Findling ist nicht so … spezialisiert wie die Eiche. Du kannst dir da generelle Sachen wünschen.“

„Und du hast dir David gewünscht?” Helene legt gerührt die Hand an ihr Herz. „Und hast prompt einen Traummann geliefert bekommen?“

„Nein!” Ich spüre, dass ich ein wenig rot werde. „Ich habe mir, wenn überhaupt einen Kellner gewünscht. Er ist ja gar nicht mein Typ.“

Dunkelhaarig ist er und elegant, wo ich doch blond und raubeinig mag. Und dunkle Augen hat er auch. So intensiv, dass man fast darin versinken könnte. Nichts für mich also. Er hat scharfe Gesichtszüge, ist schlank und groß gewachsen, aber er sieht nicht aus wie jemand, der richtig anpacken kann. Er bewegt sich mit einer tänzerischer … ja, was? Anmut? Sagt man das bei Männern? Wie auch immer, nichts für mich.

„Er ist so ein richtiger Städter", sage ich betont gelangweilt, „und entspricht auch gar nicht meiner Liste."

„Du hast eine Liste?" Helene schmunzelt.

„Na ja", ich betrachte verlegen meine Fingernägel. „Hat das nicht jeder?"

„Ich nicht", verkündet Sarah. „Ich lass mich überraschen, wo die Liebe hinfällt."

„Wo du doch eine Wunschliste hast", fragt Helene verschmitzt, „warum hast du die dann nicht der Muschel anvertraut?"

Also bitte, das weiß man doch. „Zu viel wünschen ist nicht in Ordnung."

„Nicht?" Helene ist überrascht.

„Nee", sage ich. „Wir wissen doch, wie das ausgeht. Wie bei dem Fischer und sin Fru."

Helene sieht zwischen Sarah und mir hin und her. „Kenne ich die beiden?"

Ich lache. „Das Märchen? Das kennst du

bestimmt. Der Fischer fängt einen sprechenden Butt, der ihm Wünsche erfüllt. Doch seine Frau Ilsebill will immer mehr, bis am Ende alles verloren ist. Und die Moral von der Geschichte?“

Sarah rollt mit den Augen. „Die Moral ist, dass all die Ilsebills dieser Welt sich brav verhalten und bloß nicht zu viel wollen sollen, weil es sonst Ärger mit dem Butt gibt.“ Sie reckt theatralisch die Faust in die Luft. „Ich sage: Go for it, Ilsebill! Eine Frau mit Wünschen sollte sich nichts von einem Plattfisch sagen lassen!“ Sie lächelt mich an. „Und deine Wünsche sollten auch in Erfüllung gehen. Auch die ganz großen.“

„Aber hallo!“ Helene kichert. „Also Rieke, ich hoffe, du warst nicht zu bescheiden bei dem, was du dir gewünscht hast.“

„Was hast du dir gewünscht?“

Natürlich, direkt in diesem Moment muss die Küchentür aufgehen und David erscheinen. Meine Wangen glühen noch ein bisschen mehr. Nicht etwa, weil er lächerlich gut aussieht (wie kann man denn so gut aussehen?), sondern weil ich nicht will, dass mein neuer Mitarbeiter mich gleich albern findet.

„Gewünscht? Ich? Gar nichts." Ich hüstele und werfe meinen Freundinnen scharfe Blicke zu. Sagt jetzt nichts!

Ich bin schließlich seine Chefin. Und ja, vielleicht ist mir das mit der Muschel ein bisschen peinlich vor Leuten, die so von außen auf unsere schrulligen Traditionen sehen.

Helene ist was anderes, die darf lachen. Und Sarah sowieso, sie ist ja von hier. Jetzt allerdings lacht sie nicht, sondern mustert David mit leicht hochgezogener Augenbraue. Es folgt ein sekundenschneller Blick-Dialog zwischen ihr und Helene, in dem die beiden offensichtlich darin übereinkommen, dass David nicht ganz unansehnlich ist.

„Ja, hallo", sagt Sarah lang gezogen und klimpert albern mit den Wimpern.

Ich könnte im Boden versinken. „Beachte sie gar nicht", sage ich. „Sie hatte zu viel Tee und vergessen, wie man richtig norddeutscht." Ich werfe Sarah einen finsteren Blick zu, sie lacht nur.

„Wir sind nicht so zurückhaltend, wie man

von uns behauptet.“ Sarah deutet auf mich. „Außer Rieke natürlich, sie ist überaus kühl, findest du nicht?“

Ich trete unter dem Tisch nach ihr und lächele weiter höflich.

David lächelt schief und streicht sich durchs Haar. „Wenn du das sagst. Mir kam Rieke sehr gastfreundlich vor. Sehr interessiert an anderen Menschen.“

Sie sehen zu mir und ich zucke gelangweilt mit den Schultern. Ich bin eben sehr gastfreundlich, das hat ja nichts mit ihm persönlich zu tun. Natürlich sieht David gut aus, wie er da so steht aus in diesem lässigen, aber edlen Pullover. Kaschmir, ganz bestimmt. Wahrscheinlich ganz weich, wenn man darüber streicht. Was ich natürlich nicht will. Aber es ist schon verlockend. Und ich kann an den Unterarmen erkennen, dass sich unter der weichen Wolle geschmeidige Muskeln ... stopp. Nicht mein Typ.

Außerdem ist das der Stil der Hamburger. Edel und nordisch-elegant. Also so, wie ich nie rumlaufe. Ich mag nordisch praktisch.

Meine Lieblingsjacke ist vor allem eins: wasserabweisend. Nicht so schick wie seine Sachen und sicher nicht so teuer.

Komisch, dass ein Kellner sich einen Pulli leisten kann, der so kuschelig aussieht. Und zu alt ist er für den Job eigentlich auch … Aber: Einer geschenkten Aushilfe sieht man nicht auf die Designerlabel. Oder aufs Alter. Gibt bestimmt Gründe, die mich gar nichts angehen – und leider gerade deshalb rasend interessieren.

Nein, egal. Den Gästen wird er sicher gefallen, der Rest ist nicht wichtig. Außer es steckt eine private Krise dahinter, dass er jetzt hier ist. Vielleicht braucht er Hilfe? Oder er hat ein anderes Geheimnis? Huch, jetzt hat er bemerkt, wie ich ihn mustere.

Er wirft mir einen amüsierten Blick zu und kurz denke ich bei diesen dunklen Augen ganz und gar keine kühlen Gedanken.

Helene sieht interessiert zwischen David und mir hin und her, bevor ihr einfällt, dass sie ja die Gastgeberin ist. „Hast du alles gefunden, was du brauchst? Hat die Dusche funktioniert? Wir hatten letzte Woche ein paar Probleme mit dem

Wasserdruck."

„Ja, danke", sagt David. „Es war alles wunderbar. Ich wollte fragen, wo ich wohl was zu essen bekomme?"

„Oh." Helene sieht etwas ratlos zu ihrem großen Kühlschrank. „Ich habe noch nicht mit Gästen gerechnet, also habe ich nur ein bisschen Brot …"

Alle Augen wandern zu mir. „Was denn?" Ich hebe genervt die Hände. „Ich habe ihm ein Fischbrötchen gegeben und dann den Laden für heute dichtgemacht. Lohnte sich nicht."

Ich finde, ich habe mein Bestes gegeben. Ich war überaus gastfreundlich. Und er schien sehr zufrieden mit dem Fischbrötchen. Na gut, das ist vielleicht wirklich nicht abendfüllend.

„Dorfkrug", sagt Sarah.

„Nein, da ist heute geschlossene Gesellschaft." Helene schüttelt den Kopf. „Treffen des Denkmal-Vereins Söteby. Davon redet Fiete seit einer Woche."

Ja, tut er. Der Verein plant seine jährliche

Sammelveranstaltung für die Mühle Sophie, die am Stadtrand so langsam verfällt. Ich habe ihm schon zugesichert, dass er auch wieder im *Strandkieker* eine Sammelbüchse aufstellen darf.

„Dorfkrug", murmelt David. „Sonst ist hier nichts? Kein Restaurant mit etwas ... gehobenerer Küche? Etwas Raffiniertes?"

Wieder sehen meine Freundinnen mich an. Anscheinend wird etwas von mir erwartet.

„Raffiniert haben wir nicht", murmele ich und klinge dabei ähnlich muksch wie Torge. Aber ehrlich, will bei mir kellnern und findet meine Küche nicht *raffiniert* genug. „Ich bereite gute Gerichte aus einfachen Zutaten zu, aber ich kann dir ja gern mal was trüffeln!"

Helene erstickt ein Lachen in einem Husten, David blinzelt mich irritiert an. „Das klingt irgendwie ... danke, nein, ich glaube, ich möchte lieber nichts getrüffelt bekommen."

Ups, klang es also doch genauso aggressiv, wie ich es gedacht habe.

Sarah greift nach meiner Hand und lächelt versöhnlich. „Du hast doch bestimmt noch

Zutaten im *Strandkieker*. Ich bin sicher, wenn du David etwas kochst, wird er dir bestimmt sehr dankbar sein. Richtig, David?“

David lächelt höflich – und vielleicht etwas ängstlich. „Ich will wirklich keine Umstände machen.“

„Ich weiß nicht so recht …“, beginne ich zögernd, doch Helene unterbricht mich.

„Komm schon, Rieke! Vielleicht findet ihr beide ja auch noch ein paar Gemeinsamkeiten. Es ist doch immer gut, seine Mitarbeiter zu kennen!“ Sie zwinkert mir dabei auffordernd zu.

Auch Sarah lässt eindeutig zweideutig die hellen Augenbrauen tanzen. Jetzt verstehe ich. Na super. So fühlt es sich also an, auf der anderen Seite von Verkupplungsversuchen zu stehen! Das habe ich nun wirklich nicht verdient. Ich verkuppele nie! Ich helfe nur minimal nach, wenn klar ist, dass zwei Menschen zusammengehören.

So wie bei Helene und Mattis, da habe ich vielleicht auch ein winziges bisschen geschubst. Aber bitte, es war doch so offensichtlich, dass da was ist. Ich hingegen habe David heute das erste Mal gesehen. Außerdem wissen wir ja jetzt alle, dass er in keinerlei Hinsicht zu mir passt. Raffinierte Küche. Ich werfe beiden einen bösen Blick zu.

David beobachtet uns währenddessen stillschweigend mit einem amüsierten Lächeln auf dem Gesicht. Aber sein Magen gibt leise Geräusche von sich. Och, Mensch. Natürlich muss er Hunger haben nach dem Tag und ich *bin* schließlich Köchin, da kann ich doch nicht …

Schließlich platze ich heraus: „Okay, ich mache dir etwas zu essen. Das ist auch enorm praktisch, dann kannst du direkt die Karte lernen und … und so."

David lächelt dankbar. Und verschmitzt.

Pff, lach du nur. So leicht kommst du mir nun auch nicht davon.

„Das wird bestimmt sehr nett." Sarah lacht und Helene zwinkert mir übertrieben zu. Die beiden sind so anstrengend offensichtlich!

David mischt sich nun endlich ein. „Ich würde mich sehr über ein Essen freuen, Rieke", sagt er und lächelt verschwörerisch zu mir herüber. „Das ist sehr professionell und eine gute Vorbereitung auf den Job."

„Das nämlich!" Ich funkele meine gackernden Freundinnen vorwurfsvoll an. „Professionell."

Ich höre sie noch lachen, als ich die Tür hinter mir zuziehe. Die beiden hatten ganz bestimmt etwas im Tee, was ich nicht hatte.

Kapitel 4

David

Das war knapp. Ich glaube, nur mein knurrender Magen hat mich davor gerettet, von Rieke rechts und links eins getrüffelt zu bekommen. Das war aber auch ein bisschen taktlos, dabei hatte ich nur wissen wollen, ob es etwas anderes als Hausmannskost und Fischbrötchen gibt. Habe es nur sehr, sehr ungünstig formuliert. Den ganzen Weg zum Restaurant habe ich alles an Charme aktiviert, was mir zur Verfügung steht und mich gefühlte zwanzigmal entschuldigt. Aber Rieke hat nur gelächelt, als wäre alles in bester Ordnung.

Jetzt stehe ich neben Rieke in der kleinen Küche des *Strandkiekers.* Die ist genauso maritim wie der Rest des kleinen Restaurants und zudem offen, sodass die Gäste direkt in die Küche sehen können.

„Ich mag das", erklärt Rieke, „offene Küchen haben etwas Einladendes, findest du nicht? Heimelig."

„Unbedingt." Ich nicke. „Die besten Partys finden auch immer in der Küche statt."

Sie lächelt leicht. „Eben."

„Das Haus ist auch schon sehr alt, oder?"

„Hier war schon immer ein Restaurant", erklärt sie. „Siehst du die Kacheln? Uralt. Ich habe das so übernommen. Meine Mutter hat dauernd herumgenölt, ich sollte den *Strandkieker* moderner einrichten, aber ich finde dieses Alte gerade süß. Und inzwischen ist es auch wieder richtig In. Die Gäste mögen es, dass es noch so ursprünglich ist."

Wo ich ihr recht geben muss. Die Küche sieht genau wie der Gastraum gemütlich, aber maritim aus, weiß und blau dominieren hier.

„Außerdem", sagt Rieke und verschwindet halb in einem riesigen Kühlschrank, „sehen so alle, dass ich nur frische regionale Produkte verwende."

Sie schleppt Gemüse, Kartoffeln und Gläser heran und verkündet, dass sie etwas typisch Norddeutsches für uns kocht.

„Bist du krüsch?", fragt sie.

„Bin ich … was?"

Sie grinst. „Ob du ein mäkeliger Esser bist. Gibt es Sachen, die du nicht magst? Nicht verträgst?"

„Nein, ich esse eigentlich alles. Was kochst du denn?"

„Labskaus." Sie sieht nachdenklich in ihre Vorratsregale. „Frischer Fisch ist aus, also ist das die perfekte Alternative. Das Raffinierteste, was die klassische norddeutsche Küche zu bieten hat." Sie dreht sich wieder zu mir um und lächelt diabolisch. „Kennst du Labskaus?“

„Bis jetzt nicht.“ Aha. Das ist also ihre Rache. Ich weiß, dass es diverse Gruselgeschichten zu diesem Gericht gibt, habe aber nichts vor Augen. Ich habe also keine Ahnung, was genau mich erwartet, aber ich glaube, ich würde alles essen, was sie mir serviert. Zum einen, weil ich wirklich wirklich hungrig bin und zum anderen … sagen wir, ich freue mich darauf, meine neue Chefin besser kennenzulernen. Sie sieht ausgesprochen niedlich aus, mit ihrer Schürze um die Hüften und den Haaren, die sie zu einem wilden Dutt zusammengebunden hat. Und ich mag das fiese kleine Lächeln, mit dem sie ihren Triumph genießt.

„Ich kann dir gerne beim Kochen helfen“, biete ich an.

Rieke mustert mich kritisch vom Pullover bis zu den Schuhen und nicht das erste Mal heute habe ich das Gefühl, komplett falsch gekleidet zu sein.

„Kannst du denn kochen?“

„Hey!“ Ich spiele den Empörten. „Natürlich

kann ich kochen. Ich kann Spiegelei braten."

„Ui." Rieke nickt beeindruckt. „Dann bist du ja geradezu prädestiniert, mir bei diesem Gericht zu helfen."

Ein kurzer Blick auf die Zutaten, die sie zusammengesucht hat, lässt mich daran zweifeln. „Das passt wirklich zusammen?"

Sie zuckt mit den Augenbrauen und macht sich daran, ein Glas mit nicht zu definierbarem Inhalt zu öffnen.

„Sieht verdächtig nach etwas aus, was bei uns in der Bio-Sammlung herumstand", murmele ich. Mein Lehrer hatte eine uralte Sammlung mit Präparaten, die in Formaldehyd für die Ewigkeit Schüler erschrecken sollten. Ich unterdrücke ein Schütteln.

„Rindfleisch." Rieke hält mir das Glas entgegen. „Gepökelt."

„Nanu", ziehe ich sie auf. „Du kochst mit Produkten aus dem Glas? Was ist mit frisch und regional?"

„Labskaus", sagt sie mit übertriebener

Oberlehrerinnen-Stimme, „wird traditionell aus gepökeltem Rindfleisch hergestellt." Sie schüttelt das Glas vor meinem Gesicht. „Das hier wurde so was von frisch regional eingekocht. Vom Schlachter umme Ecke."

„Umme Ecke?" Ich muss schmunzeln.

„Umme Ecke." Sie nickt sehr ernsthaft. Dann grinst sie. „Ich freue mich wirklich, dass du einspringen kannst. Wie kommt es überhaupt, dass du so spontan anfangen kannst?"

Ah. Will ich darüber reden? „Na ja, du und dieser Job ... ihr seid mir ja direkt in die Arme gefallen, was hätte ich anderes machen können?"

Rieke lacht. „Das war wirklich eine Nummer. Typisch Radieschen."

„Hm?"

„Och, die Möwe. Sie heißt Radieschen. Meine Freundin Nele hat sie versehentlich mal gefüttert."

„Versehentlich?"

„Wir füttern keine Möwen." Ihrem Ausdruck

nach ist das selbstverständlich. „Tja, und seitdem sitzt Radieschen tagein, tagaus auf der gleichen Stelle und wartet darauf, dass sich dieser Glücksfall wiederholt. Nur ist Nele in München und ich habe den Touris eingetrichtert, auf keinen Fall jemals die Möwen zu füttern. Besonders diese nicht. Ach, der arme Torge. Er konnte Radieschen sowieso nie leiden, und dann das … aber jetzt bist du ja da. Ohne Verstärkung wäre es eng geworden, wenn ab demnächst die Weihnachtsgäste kommen."

„Warum? Hättest du keine Freunde, die helfen können?"

„Freunde ja, helfen nein. Die haben alle ihre Jobs."

„Ach. Und wird auf dem Land nicht Familie großgeschrieben?"

Sie lacht humorlos. „Ha! Mein Vater ist schweigsam wie ein Dorsch und meine Mutter … na, ich sach mal: Muddern würde ich um Hilfe bitten, wenn ich vorhätte, Kappeln von der Seeseite einzunehmen oder ein Kreuzfahrtschiff zu kapern. Aber ich würde sie sicher nicht auf die Touris loslassen."

„Oh“, sage ich.

„Jo“, sagt Rieke.

Wir schweigen einen Moment, in dem ich Kartoffeln schäle und gleichzeitig versuche, mir Riekes Mutter als nicht gästetaugliche Frau vorzustellen. Was so gar nicht funktioniert, weil ihre Tochter nämlich extrem gastfreundlich wirkt. Ganz generell sehr freundlich. Wenn sie sich nicht gerade an rüpelhaften Frankfurtern mit Labskaus rächt.

„Was tust du denn den armen Kartoffeln an?“ Rieke nimmt mir mein aktuelles Kartoffelprojekt aus der Hand und sieht es sich staunend an. „Du solltest sie schälen, keine Kunstwerke schnitzen. Das ist Torges Baustelle. Komm, gib mir mal.“

In Sekundenschnelle hat sie den Rest geschält. „Mann, Mann, Mann“, murmelt sie.

„Ach komm schon, so schlimm bin ich auch wieder nicht!“, behaupte ich und werfe einen Blick über ihre Schulter auf den Topf voller Kartoffeln. Ja, okay, ihre sehen deutlich weniger zerstückelt aus.

„Wenn du meinst“, sagt Rieke mit einem

Augenzwinkern und schaltet den Herd ein.

Sie wirft das Gruselfleisch in einen anderen Topf und während sie kocht, unterhalten wir uns. Ihr scheint aufgefallen zu sein, dass sie mir einen Job gänzlich ohne Vorstellungsgespräch gegeben hat, also hakt sie jetzt die Eckpunkte ab.

Oder ist sie wirklich nur furchtbar neugierig. Sie fragt mich nach meinen Kellnererfahrungen im Studium und ich erzähle ihr von den verrückten Gästen, die ich manchmal bedienen musste. Ich führe ihr vor, wie ich fünf Teller tragen kann und weil gelernt gelernt ist, balanciere ich Eiswürfel darauf, die ich extra aus der Kühlung geholt habe.

„Mein Chef hat uns so vor der ersten Schicht immer wieder die Treppen hochgejagt. Erst wenn nichts heruntergerutscht ist, durften wir in den Service."

„Wow." Rieke nickt nachdenklich. „Das hätte ich mit Torge vielleicht auch machen sollen. Nur ohne Treppen. Mit den Tellern an den Strand, Radieschen im Schlepptau und zurück."

Sie lacht vor sich hin, während sie eine

Schüssel unter einen Fleischwolf in der hinteren Ecke der Küche stellt.

„Was hast du denn jetzt vor?“ Fassungslos folge ich ihr.

„Na ja“, sie kurbelt an dem Metallmonster, „Labskaus ist ein Seemannsgericht. Für Matrosen, die durch den Skorbut ihre Zähne verloren hatten. Also wird es so gut gemanscht wie möglich.“

Rieke sieht zu mir und lacht laut auf. „Guck nicht so!“

„Skorbut“, murmele ich. „Fleischpampe. Aha.“

„Ja, aber gegen den Skorbut kommen ja eingelegte Rote Bete und saure Gurken dazu. Und Spiegelei und Rollmops.“

„Sicher, dass sich das keine schwangere Matrosin ausgedacht hat?“

Rieke pfeift fröhlich vor sich hin und verarbeitet alles zu einer rötlichen Masse. Mir erlaubt sie großzügig, währenddessen das Spiegelei zu braten. Wenigstens eine Komponente, die mir essbar erscheint.

Kurz später sitzen wir im Gastraum an einem kleinen Tisch. Rieke hat nur die halbe Beleuchtung eingeschaltet, eine CD dudelt leise Hintergrundmusik und ich versuche, den Haufen rosa Pampe mit höflicher Begeisterung zu betrachten. Rieke hat es hübsch angerichtet, mit halbierten Rollmöpsen und Spiegelei und … nein, ich nehme das zurück. Nichts kann dieses Verbrechen an Fleisch und Kartoffeln hübsch aussehen lassen.

„Und das servierst du deinen Gästen?"

„Du wirst es nicht glauben, aber ja. Es wird tatsächlich nachgefragt und läuft super."

„Aha."

„Oh, warte." Rieke springt noch einmal auf und läuft zum Tresen, nur um kurz später mit zwei Flaschen Bier zurückzukommen. Sie setzt sich grinsend wieder mir gegenüber. „Meine Mutter sagt immer, das Leben ist wie eine Portion Labskaus."

Ich schnaube leise, weil ich natürlich das Forrest-Gump-Zitat erkenne. „Man weiß nie, was man bekommt?"

„Nee.“ Rieke lässt mit einem lauten Plopp den Verschluss von ihrem Bier aufspringen. „Es sieht furchtbar aus, aber mit ’nem kühlen Bier dazu gehts eigentlich.“

Ich pruste laut. „Ist das so?“

„‘türlich“, sagt sie. „Prost!“

Das Labskaus ist tatsächlich nicht so schlecht. Gewöhnungsbedürftig, aber gut. Rieke sagt, dass es *natürlich* gut ist, weil erstens sie es gekocht hat und es zweitens ja so ziemlich die gleichen Zutaten enthält wie ein Burger mit Pommes und die doch wohl jeder mag.

Sie hebt den Zeigefinger. „Geschreddertes Rindfleisch, Pickles und Kartoffeln. Also exakt das Gleiche. Nur eben um Fisch und Spiegelei ergänzt.“

„Und schön rosa durch die Rote Bete.“

„Rosa ist immer gut.“

„Ansichtssache.“

„Aber immerhin kennst du so schon ein wichtiges Gericht von der Karte und kannst es den Touris empfehlen.“

„Ich weiß nicht, ob ich so sadistisch bin."

Wir albern herum und machen Witze über merkwürdige Kundenwünsche und tauschen Anekdoten aus. Rieke erzählt mir, wie welche Gerichte noch auf der kleinen Karte stehen und dass sie in der Nebensaison nicht jeden Tag geöffnet hat. Sie deutet zur Tür. „Deshalb hängt da auch ein Schild, auf dem steht, dass geöffnet ist, wenn geöffnet ist."

„Keine festen Öffnungszeiten? Ist das nicht grauenhaft unwirtschaftlich?"

Sie zuckt mit den Achseln und ihre grünen Augen funkeln schalkhaft. „Woher soll ich denn wissen, wann ich Lust habe, den Laden aufzumachen? Nee, es ist wirklich zu wenig los im Moment. Ich öffne, wenn das Wetter gut ist und meistens fürs Frühstück, weil sich Fiete und Co drauf verlassen, dass sie hier ihren Kaffee und ein bisschen Klönschnack bekommen."

Arbeitet, wenn sie Lust dazu hat. Ich stelle mir diese Einstellung gerade in Frankfurt vor und muss mich zusammenreißen, nicht heftig mit dem Kopf zu schütteln.

Rieke lehnt sich zurück und trinkt ihr Bier aus.

„Darf ich abräumen?“, frage ich mit meinem besten Kellnerlächeln. Sie grinst zufrieden.

Da sie morgen tatsächlich öffnen wird, schließlich ist Wochenende, zeigt sie mir noch die Kasse und gibt mir eine Speisekarte.

„Damit du sie heute Nacht auswendig lernen kannst. Wird hektisch morgen, dann kannst du schon mal für die Saison üben. Guck nicht so ungläubig. Wir sind zwar zum Glück nicht Sylt, aber auch zu uns kommen viele Besucher über die Feiertage.“

Ah, mein Stichwort. „Zum Glück nicht Sylt? Ich dachte, die Insel wäre *das* Touristen-Ziel. Wäre es nicht toll, wenn Söteby genauso ein Ziel wäre? Mit schicken Appartements für die Gäste?“

Sie schüttelt energisch den Kopf. „Auf Sylt läuft so vieles schief. Wusstest du, dass Leute, die dort arbeiten, es sich nicht leisten können, dort zu wohnen? Und im Winter stehen viele von den schönen Häusern leer, weil sie eben nicht Syltern, sondern den Urlaubern gehören. Nee,

nee.“

Sie nimmt ihre Jacke vom Stuhl und dirigiert mich Richtung Tür. „Wir wollen zwar, dass Leute hierherziehen, um den Ort zu beleben. Uns werden wahrscheinlich sowieso bald die Bewohner ausgehen, weil alle in die Stadt ziehen. Aber wenn wir auch noch anfangen, unsere Häuser und Grundstücke zu Luxus-Immobilien zu machen, dann wird Söteby außerhalb der Saison zur Geisterstadt.“

Oh. Okay. Das erklärt dann schon einmal den Widerstand auf unsere ersten Anfragen. „Aber ein Neubau? Mit ausreichend Appartements für Sommergäste? Das wäre doch fantastisch.“

„Nein.“ Rieke zieht die Tür zu und dreht den Schlüssel im Schloss. „Wo sollte das denn hin? An den Strand und die historische Skyline zerstören?“

„Skyline?“

„Reetdachhäuschen können sehr wohl auch eine Skyline sein. Sieht wunderschön aus vom Wasser, solltest du mal sehen.“ Sie zeigt mit ausgestrecktem Arm über die Häuser, die verschlafen in der Dunkelheit stehen. Ein paar Lichter sind hinter den Fenstern zu erkennen.

„Okay“, sage ich und schlage meinen Mantelkragen hoch, damit sie mich nicht lachen sieht. Skyline. Süß. Ob sie wohl schon mal Frankfurt gesehen hat?

Rieke zuckt mit den Schultern. „Tja nu. Du weißt, was ich meine. Es wäre halt schön, wenn mehr Leute hier wohnen wollen würden. Dauerhaft. Lachst du?“

„Ich?“ Ich räuspere mich. „Nein, ich … es gibt bestimmt Leute, für die das hier das Paradies ist.“

„Aber für dich nicht.“

„Ich möchte hier nicht–“

„- tot überm Zaun hängen?“ Rieke lacht.

„Ja, das hätte ich vielleicht diplomatischer formuliert, aber darauf läuft es hinaus.“

„Aber es ist wirklich wunderschön hier“, grummelt sie leise.

Wir gehen weiter, anscheinend muss Rieke in die gleiche Richtung wie ich. Wir gehen ein Stück schweigend an der Strandpromenade entlang, hören dem Meer zu. Bei Dunkelheit sieht es aus wie ein riesiges, dunkles Seidentuch, unter dem gemächlich urzeitliche Meeresbewohner dahingleiten. Memo an mich: Nie nachts schwimmen gehen.

Rieke deutet hinter die Bäume. „Und auf der anderen Seite ist unser kleines Moor."

Ah, genau. Das ist mein Grundstück. Oder zumindest das, dass auf meiner Liste ganz oben steht. Es wäre der perfekte Baugrund, gute Lage … „Na ja, da gibt es ja Möglichkeiten, das trockenzulegen."

„Bitte?" Rieke bleibt stehen und sieht mich an, als hätte ich vorgeschlagen, einen süßen Welpen zu Labskaus zu verarbeiten.

„Nun, es wäre eine Option. Und stell dir vor, wie zusätzliche Ferienwohnungen deinen Umsatz steigern würden."

Immer noch der Welpen-Labskaus-Blick. Aha. Ich war also zu voreilig.

„Wie auch immer." Ich bemühe mich um ein versöhnliches Lächeln. „Manchmal geht mein innerer Bauingenieur mit mir durch."

Jetzt leuchten ihre Augen wieder. Sie ist wirklich sehr neugier... interessiert. Also erzähle ich Rieke zwar von meinem Studium und wie interessant es war, verschiedene Gebäudeentwürfe ausarbeiten zu können. Dabei verschweige ich jedoch bewusst meine Tätigkeit bei der Immobilienfirma als Immobilienakquisiteur. Ich glaube, das ist ein Thema für einen anderen Tag.

Kapitel 5

Rieke

Ich spüre den Sand unter meinen Stiefeln knirschen. Der Wind hat Strandsand an die Promenade getragen, wir hatten schon furchtbare und stürmische Tage dieses Jahr, aber heute Abend ist der Wind freundlich zurückhaltend. Wie es aussieht, zeigt sich Söteby von seiner netten Seite, um meinen neuen Kellner zu begrüßen.

Jetzt, wo er den Labskaustest bestanden hat, hat er eh schon das Schlimmste hinter sich. Ich grinse in mich hinein. Das war vielleicht etwas gemein, ich hätte bestimmt auch etwas anderes zaubern können. Aber manchmal geht es einfach mit mir durch. Nach der Bemerkung vorhin konnte ich nicht anders. Aber er hat sich wacker geschlagen.

David geht schweigend neben mir. Ich habe schon unangenehmer mit Leuten geschwiegen. Wir haben uns aber auch gut unterhalten und ich denke, das wird eine gute Saison. Besser vermutlich als mit Torge, der eine sehr fragwürdige Einstellung hat, aber der Einzige war, der sich auf meine Anzeige beworben hat. Es ist schwer geworden, gute Leute zu finden.

„Was ist denn das?", murmelt David, mehr zu sich selbst als zu mir. Er sieht an den dunklen Strand, an dem ich nichts Besonderes entdecken kann.

Ich folge seinem Blick. „Ach, das ist ein Findling."

„Und Findling benutzt ihr hier nicht als Synonym für ‚Monster, das aus dem Meer gekrochen ist‘, oder?“

„Nee. Das ist der Wunschstein“, sage ich mit einem Lachen. „Ganz harmlos. Die Sötebyer legen eine Muschel hinein, wenn sie einen Wunsch haben.“

Er sieht mich fragend an, also erzähle ich ein zweites Mal heute die Geschichte des Steins. „Früher haben die Frauen der Seefahrer sich dort gewünscht, dass ihre Männer zurückkehren. Später dann, dass die Ernten gut werden, das Wetter gut, die Feste schön ... alles, was man sich so wünschen kann eben.“

„Ach wirklich?“, schmunzelt David. „Und du glaubst daran?“

„Was? Ich? Nein“, antworte ich zu schnell. „Ich bin viel zu rational für so etwas.“

David lacht leise. „Aber du hast es doch zumindest mal ausprobiert oder nicht?“

Ich verdrehe die Augen. „Na gut ... als Kind vielleicht mal.“

Reicht, dass meine Freunde mich deshalb drollig finden. Ich muss nicht auch noch von meiner neuen Aushilfe schräg angesehen werden.

Gerade, als wir näherkommen, sehen wir jemanden über den dunklen Strand pirschen und etwas in die Kuhle des Steins legen. Der Haltung und der tief ins Gesicht gezogenen Kapuze nach ist er nicht älter als ein Teenager.

Ohne uns abzusprechen, bleiben wir stehen und warten, bis der Junge in die andere Richtung davoneilt. Wir warten, bis er ganz in der Nacht verschwunden ist. David sieht über den Kragen seines Mantels zu mir. „Gehört sich einfach nicht, jemandem beim Wünschen zu stören. Richtig?“

Ich glaube, mein neuer Kellner ist ein anständiger. „Nee, macht man nicht.“

Wir stehen unschlüssig da und sehen zum Strand. Zumindest ich bin unschlüssig, David beobachtet mich aus den Augenwinkeln, wohl um zu sehen, was in dieser Situation üblich ist. Also erkläre ich auch das.

„Wer Lust hat, einen Wunsch zu erfüllen, darf in die Muschel gucken, um zu sehen, ob es etwas ist, wobei die Sötebyer helfen können.“ Oh, das klingt so albern. Ich male mit der Stiefelspitze verlegen Halbkreise in den Sand.

„Wirklich?“

Ich nicke. Mir kommt es ganz logisch vor, schließlich funktioniert die Bräutigamseiche genauso, aber ich kann mir vorstellen, dass dieses Argument einen Frankfurter nicht wirklich überzeugt.

David nickt entschlossen. „Dann sollten wir nachsehen, oder?“

Und schon marschiert er zum Findling. Das ist ja wirklich süß von ihm, wäre da nicht … oh.

„Nein!“ Ich sprinte ihm hinterher und überhole ihn gerade noch rechtzeitig, bevor er in die Öffnung greifen kann. In der auch meine Muschel liegt. Auf einem Streifen *Strandkieker*-Papier.

David gibt einen erstaunten Laut von sich, als ich ihn spontan zur Seite schubse.

„Ich … das …“, schnell Rieke, sagt was Kluges! „Das bringt Unglück, wenn ein Nicht-Sötebyer die Muschel findet! Ja, genau! So ist das!“ Und das klingt überhaupt nicht, als hätte ich es mir in dieser Sekunde ausgedacht.

Aber David nickt verständnisvoll und tritt zur Seite. Nach dem ganzen Wunschmuschelkram glaubt er mir vermutlich alles.

Ich greife in die Öffnung des Steins und ertaste zwei Muscheln. Also, welche ist meine? Wie soll ich bei Dunkelheit nur durch Tasten herausfinden, wie die Muscheln sich unterscheiden? Die unterscheiden sich ja schon bei Licht kaum. Herzmuschel ist Herzmuschel. Leise fluchend drehe ich die Muscheln in meiner Hand.

„Wie tief ist diese Öffnung?“ David legt den Kopf schräg. „Kann ich vielleicht doch helfen?“

„Hab’s gleich“, murmele ich. „Steckt nur fest … ah, da.“

Triumphierend halte ich die Muschel hoch. Bitte, bitte, lass es die richtige sein. Ich glaube, meine war völlig unbeschädigt, aber dieser hier scheint eine winzige Ecke zu fehlen. Wenn nicht, muss ich mir ganz schnell einen albernen Wunsch einfallen lassen und das

Papier runterschlucken und behaupten, auch das gehöre zum Ritual.

„Warte." David sucht in seiner Manteltasche und leuchtet dann mit seinem Handy auf die Muschel in meiner Hand. „So sehen wir mehr."

Ja, ganz toll. Vielen Dank auch. Zögerlich öffne ich die Muschel und atme vor Erleichterung aus. Das dünne Stück Papier ist blau. Wenn mein Zettel nicht auf spontan die Farbe gewechselt hat, ist alles gut.

Ich falte ihn auseinander und wir beide beugen uns gespannt über die winzigen Buchstaben.

„Sophie soll bleiben!"

David sieht mich fragend an. „Wer ist Sophie?"

„Die einzige Sophie, die mir einfällt, ist unsere Mühle."

„Und der Junge wünscht sich, dass sie bleibt?"

„Na ja, sie ist alt und bröselt so langsam auseinander." Ich zucke mit den Schultern. „Der Denkmal-Verein hat Schwierigkeiten, das Geld zusammenzubekommen, um nötige

Restaurationen durchzuführen."

„Und ein Teenager interessiert sich für Mühlen."

„Tja nu." Ich lasse die Muschel in meine Tasche gleiten. Zu der, die ich dort heimlich schon eher versteckt habe. Mein Wunsch scheint ja abgearbeitet worden zu sein. Ich habe einen Kellner, was will man mehr? „Vielleicht ist er ja ein mühlenbegeisterter Teenager."

David lacht leise.

„Was denn? Wofür hast du dich in dem Alter interessiert?"

Er sieht mich mit hochgezogener Augenbraue an. „Wirklich? Wie alt war der? Sechzehn vielleicht. Ich weiß, was ich in der Zeit am interessantesten fand." Sein Lächeln spricht Bände. Oh, sicher haben sich auch viele Mädchen für ihn interessiert.

„Fußball", schlage ich vor, während ich langsam rot werde. „Oder Musik?"

„Natürlich." David lächelt noch immer. „Ich habe mich sehr für Musik interessiert."

Wir gehen zurück zur Promenade.

„Also?", fragt David, als wir wieder zurück auf dem Nachhauseweg sind. „Wie machen wir das mit der Mühle?"

Wir. Ich grinse in meinen Schal. Wirklich gar nicht so schlecht, meine neue Aushilfe. „Das sehen wir morgen. Wir fangen um sechs an, und wenn du es schaffst, um die Uhrzeit halbwegs wach auszusehen, bekommst du zur Belohnung Frühstück."

„Pürierst du das dann auch wieder?"

Ich lache. „Lass dich überraschen."

Kapitel 6

David

Frühstück ist hier wirklich früh. Fiete, der kauzige ältere Herr mit dem Schwein, schlurft schon in den *Strandkieker*, kurz nachdem Rieke das Schild an der Tür auf „geöffnet“ gedreht hat. Er trägt einen ramponierten grünen Fischerhut und seine gelbe Sonnenbrille, obwohl es draußen noch dunkel ist. Murmelnd setzt er sich an einen Tisch am Fenster und lotst Horatio geschickt unter selbigen.

„Schwein?“, frage ich und deute auf Horatio in der Hoffnung, dass Fiete ohne große Diskussion erkennt, dass das Tier hier nichts zu suchen hat.

„Moin“, sagt Fiete und tippt sich an den grünen Hut, „das heißt Moin.“

Okay, er hat also vor, mich zu ignorieren. Rieke grinst mir aus der Küche zu und zuckt mit den Schultern. Ich seufze und bringe Fiete die Morgenkarte, die er vermutlich nicht braucht, aber mit einem verschmitzten Grinsen entgegennimmt. Er weiß, dass er gewonnen hat. Also diskutiere ich nicht weiter über das Schwein. Fiete krault es hinter dem Ohr und erzählt, dass Horatio zwar ein Schlingel sei, aber ein sehr reinliches Tier.

Dann sagt er noch etwas auf Platt, was ihn sehr amüsiert und vermutlich nichts Nettes über mich ist. Ich seufze. Ja, so hatte ich den Kellnerjob in Erinnerung.

Immerhin, es gibt Waffeln. Rieke hat einen Stapel davon neben dem Durchgang zur Küche platziert. Gibt schlimmere Bedingungen, um seinen Arbeitstag zu beginnen.

Als ich Fietes Bestellung aufnehmen will, mustert er mich eindringlich. Anscheinend bin ich in dem Trubel gestern seiner Aufmerksamkeit entgangen.

„Du bist nicht von hier, min Jung?"

Junge? Ich bin seit Langem kein Junge mehr, aber gegen Fiete bin ich vermutlich ein Jungspund. Ich könnte schwören, dass das Angler-Sattelschwein neben ihm genau das Gleiche denkt. Kluge Schweinsäuglein funkeln mir neugierig entgegen. Vielleicht aber auch, weil ich die Uniform der Pommes-Überbringer trage. Schwarzes Hemd und Schürze.

„Ich komme aus Frankfurt", antworte ich höflich und halte meinen Kellnerblock etwas höher.

Doch Fiete grinst weiterhin und ignoriert meinen Wink. Ich gebe zu: Small Talk am frühen Morgen ist nicht meine Stärke, weshalb ich normalerweise auch alle Termine und Meetings erst nach neun Uhr und mindestens zwei Kaffee ansetze. Ich fürchte, diese Art von Arbeitsleben ist überhaupt nichts mehr für mich. Ich will einfach nur schlafen.

Fiete hat dieses Problem nicht. „Frankfurt? Da hab' ich mal gearbeitet. Aber hier oben in Söteby ist es doch viel schöner, oder wat meinst du?“

„Wirklich wunderschön“, antworte ich ihm lächelnd.

Fiete setzt an zu einem kleinen Vortrag über die landschaftliche Schönheit der Ostseeküste im Allgemeinen und Schwansen im Speziellen, aber ich benötige meine Konzentration, um meine Augen offenzuhalten.

Gestern Abend habe ich noch Mails beantwortet, alte Baupläne durchgesehen und noch einmal die Machbarkeitsstudie zu dem Projekt *Söteby Seaside Retreat* durchgesehen. Alle Faktoren sprechen für den Bau der Immobilie. Luxusappartements für Ostseeurlauber, die Lage ist perfekt dafür. Zumindest auf dem Papier. Von Marktanalyse über die Standortbewertung bis zu den Renditeberechnungen– alles fantastisch. Aber die Kollegen, die diese Zahlen und Informationen zusammengetragen haben, haben einen nicht ganz unwichtigen Faktor vergessen.

Wie aufs Stichwort höre ich Rieke in der Küche klappern und mein Blick schweift von Fiete, der zu seinem Fischerhut eine interessante Kord-Schafswoll-Kombi trägt, zu Rieke. Sie ist mindestens so hübsch wie die Landschaft. Ach was, nach dem, was ich von der Landschaft gesehen habe, ist sie deutlich attraktiver. Während alles, was ich auf meiner Fahrt gesehen habe, grau und eintönig war, ist Rieke …

„Aber sag mal, min Jung', was treibt dich nach Söteby?“

Ich suche gutes Bauland für eine Immobilienfirma in Frankfurt, scheint mir keine gute Erklärung zu sein. Also wähle ich einen anderen Teil der Wahrheit. „Was einen halt so aus der eigenen Stadt treibt.“

„Fernweh?“

Ich muss grinsen. Hätte ich Fernweh, würde ich jetzt irgendwo mit einem Drink in der Hand meine Zehen in den Strandsand graben. In warmen Strandsand! „Nicht … nicht wirklich.“

„Ah“, sagt Fiete lang gezogen. „Dat Herz, hm?

Hat sie dich rausgeworfen?“

„Ja, so könnte man es sagen.“ Auch wenn die zeitliche Reihenfolge etwas anders war, als ich mir es vorgestellt hatte. Wir sind ja nicht mal bis zum gemeinsamen Zuhause gekommen, bevor Dinah die Beziehung beendet hat.

„Tja, nu …“, murmelt Fiete und nimmt einen großen Schluck Kaffee. Dann blickt er wieder zu mir hoch. „Aber du scheinst ja nicht allzu sehr darunter zu leiden, hm?“ Er zwinkert mir zu.

Verdammt! Hat er etwa bemerkt, dass ich die ganze Zeit zu Rieke hinübersehe?

Ich räuspere mich und antworte, betont locker: „Ach, das ist nicht so wichtig. Ich bin doch nur hier zum Arbeiten. Ich habe gar keine Augen für … die Landschaft“

Fiete nickt langsam. Und sehr ironisch. „Türlich! Aber du wirst schon sehen: Irgendwann wird dich Söteby verzaubern. Macht es immer.“

Ich grummle etwas Unverständliches als Antwort und bemerke, wie Rieke aus der Küche tritt. Sie sieht blendend aus und deutlich wacher als ich.

„Alles okay bei euch Jungs?“ Sie setzt sich zu Fiete. Hier läuft irgendwie alles anders. Etwas ratlos bleibe ich stehen.

„Hast du Fiete schon die Neuigkeit erzählt?“ Riekes grüne Augen leuchten.

Ich schüttele den Kopf. Neuigkeiten?

„Na los“, fordert sie mich auf, „nimm dir einen Kaffee und setz dich zu uns!“

„Du bist die Chefin“, sage ich. Zum Kaffeetrinken eingeladen werden und Waffeln bekommen … dieser Job wird immer besser.

Fiete hat seine Sonnenbrille abgenommen und sieht uns neugierig an.

Rieke flüstert „Trommelwirbel“ und zieht dann die Muschel aus der Tasche ihrer Schürze. Sie legt sie mitten auf den Tisch, als wäre es ein sensationelles archäologisches Fundstück (von denen es bitte, bitte keine auf dem geplanten Baugelände gibt, sonst zieht es sich wieder ewig und drei Tage).

„Ist das etwa …“ Der alte Mann nimmt ehrfürchtig seinen Hut ab.

Rieke strahlt übers ganze Gesicht. „Ist es." Sie erzählt, was wir gestern Abend gesehen haben.

„Oha." Fiete dreht den Zettel mit dem Wunsch nachdenklich um. „Das ist ja mal was. Und von 'nem junge Mann, sacht ihr?"

Wir nicken beide.

„Oha", sagt Fiete noch einmal und ich nehme an, das ist schon ziemlich weit oben auf der nordischen Eskalationsskala. „Ungewöhnlich."

„Ist die Mühle denn in Gefahr?", frage ich. Rieke hat erzählt, dass Fiete im Denkmalschutz-Verein für die alte Sophie ist und sich besser auskennt als alle anderen.

„Jo", sagt er nachdenklich. „Sophie ist 'n altes Mädchen. Da bröckelt es an allen Ecken und Enden. Und Krischan hat ihr ganz schön zugesetzt. Hat ordentlich Schaden an der Kappe verursacht."

Ich runzele die Stirn. „Kann dieser Krischan dann nicht haftbar gemacht werden?"

Rieke lacht laut auf. „Sorry." Sie presst sich die Hand vor den Mund. „Fiete meint Christian. Das

Sturmtief, das 2013 über den Norden gefegt ist?"

Ich erinnere mich vage.

Fiete nickt finster. „Zugausfälle, tagelang. Umgestürzte Bäume. Stromausfälle. Schlimme Sache."

„Und der letzte Sturm war auch nicht ohne", murmelt Rieke.

„Aha, und was braucht es, um den Schaden wieder zu reparieren?"

„Geld", sagt Fiete. „Wie überall. Wir reparieren, was wir so können, aber für die großen Sachen … Geld. Viel davon."

„Was können wir denn machen?", frage ich in die Runde.

Rieke lächelt mich an und ich habe für einen Moment ein kleines Gefühlschaos: Ich bin zufrieden, dass mein Wirgefühl-Plan funktioniert und habe gleichzeitig ein schlechtes Gewissen, weil Rieke sich so ernsthaft freut … und ich es eigentlich sehr schön fände, wenn sie wirklich einen Grund zur Freude hätte. „Ich meine, es ist schließlich bald Weihnachten, kann man da nicht mit Spenden irgendwas machen?“

Fiete starrt einen Moment in die Ferne, bevor er langsam spricht. „Spenden sammeln tut ja unser Denkmal-Verein schon. Wir grübeln allerdings seit Jahren über einen Weihnachtsmarkt nach … das wär mal was.“ Er seufzt und unterm Tisch seufzt Horatio.

Rieke wackelt aufgeregt mit dem Zeigefinger. „Ja! Ein Weihnachtsmarkt! Der fehlt uns noch.“ Sie stützt ihr Kinn auf ihre Hände und flüstert verträumt: „Punsch und gebrannte Mandeln und Lichter …“

Fiete wiegt skeptisch den Kopf, seine weißen Locken wippen. „Weiß nicht, weiß nicht. In unserer Region gibt es mehr Weihnachtsmärkte als Aussteller und Betreiber. Die ganzen Weihnachtsmärkte auf den Gütern … und in Kappeln findet der weihnachtliche Fischmarkt statt, doch selbst dort ist die Suche nach Händlern schwierig. Ein Karussell können wir uns schon gar nicht einmal leisten.“

„Dann halt ohne Karussell“, sagt Rieke, die offensichtlich Feuer gefangen hat für diese Idee. „Zur Not fragen wir Hinnerk, ob Kinder auf Berta um die Mühle reiten dürfen."

„Wir fragen ... wen, ob die Kinder bitte was dürfen?" Kurz sehe ich vor meinem inneren Auge eine norddeutsche Frau namens Berta mit Kindern huckepack um die Mühle traben.

„Bauer Hinnerks seine Schwarzbunte", erklärt Rieke. Auf meinen verwirrten Blick fügt sie hinzu: „Berta ist eine Kuh! Sie ist zutraulich und Hinnerks Tochter hat ihr beigebracht, zu reiten. Berta spielt gern Pferd."

Eine Kuh. Na klar, da hätte ich drauf kommen können. Ich bemühe mich um ein ausdrucksloses Gesicht, weil Rieke anscheinend alles, was sie gerade gesagt hat, völlig normal findet.

Fiete streicht sich über den Bart. „Wat wüllt ihr denn verkaufen? Und woher bekommt ihr Aussteller?"

„Vielleicht", überlege ich, „könnten wir ja lokale Handwerker und Künstler ansprechen? Und auch Privatpersonen könnten etwas verkaufen – gebastelte Deko oder selbst gemachte Leckereien."

Fiete nickt. Ich merke jedoch, dass er noch nicht ganz überzeugt ist.

„Aber den ganzen Advent?“ Er schüttelt den Kopf. „Da weiß ich jetzt schon, was sie sagen: gern, aber kien Tied, kien Tied.“

Rieke nickt. „Die Sötebyer packen sofort an, wenn es sein muss, aber vier Wochen auf einem Markt stehen, dafür muss man echt Zeit haben. Und es ist vielleicht auch 'n büschen knapp, so Ende November noch einen Markt aus’m Boden zu stampfen.“ Sie runzelt die Stirn. „Wir müssten ja aber nicht den ganzen Advent herumstehen und Sachen verkaufen“, sagt sie nachdenklich. „Ein Wochenende reicht bestimmt aus. Und wir nennen es nicht Weihnachts-, sondern Sophienmarkt.“

„Sophienmarkt.“ Das scheint Fiete endgültig zu überzeugen. Er nickt zufrieden. „Na denn man tau. Ich sach dem Verein Bescheid.“

Ich greife nach meiner Tasse und stoße mit den anderen an. „Dann lasst uns mal Sophienmarkt-Pläne schmieden!“

Rieke nickt begeistert. „Wir sollten uns auch

die Mühle ansehen, um zu gucken, was schon da ist …“

Fiete schiebt ein Schlüsselband über den Tisch und nimmt seinen Hut. „Nee, nee. Das macht ihr mal schön allein. Ich habe Termine.“ Er steht auf. „Komm, Horatio. Wir gehen angeln.“

Kapitel 7

Rieke

So, Vorsicht jetzt. Nicht den neuen Kellner zu niedlich finden. Das geht nicht gut, so was. In wenigen Wochen ist er wieder auf und davon, also bloß keine Gefühle investieren. Ich weiß, wie das ausgehen kann.

Aber: Dass er sofort mit an Bord war, um den Sophienmarkt zu organisieren, das ist schon niedlich. Und wie er mich mit diesen dunklen

Augen ansieht … Nein. Stopp. Mission Mühle retten! Mehr verbindet uns nicht. Hübsche Augen und ein tolles halbes Lächeln braucht kein Mensch. Ich will einen norddeutschen Mann, der aussieht, als ob er mit anpacken kann und niemanden mit schönen Händen und kantigem Kinn und einer Nase wie gemeißelt – hatte ich nicht gerade Stopp gesagt?

„Ich sag dann mal den anderen Bescheid." Ich stehe auf und streiche meine Schürze glatt.

„Den anderen?" David sammelt das Geschirr auf dem Tisch zusammen.

„Der Clique. Wenn du über Weihnachten hierbleibst, musst du ja ein paar Leute … warte, bleibst du überhaupt über Weihnachten? Oder fährst du dann wieder nach Hause und kommst erst nachher wieder?" Nichts weiß ich! Ich hätte ihn nicht so spontan einstellen sollen. Was hat mich da bloß geritten? Für ein paar Minuten habe ich zu doll an diese Wunschsache geglaubt, was überaus albern ist. „Du willst doch bestimmt zu deiner Familie?" Zu deiner Frau und deinen entzückenden Kindern, die allesamt hübsche Nasen und dunkle, liebe Augen haben?

„Ich meine ... wartet da niemand auf dich? In Frankfurt?"

„Ich bleibe über die Feiertage." David sieht aus, als hätte er das auch gerade erst entschieden. „Wenn ich so lange bei Helene wohnen kann."

„Das geht bestimmt klar", murmele ich. Also keine Frau, die Weihnachten mit ihm verbringen will? Das ist doch schon mal merkwürd... Rieke! Mach mal sutsche jetzt! Ich kenne ihn einen Tag, und er ist so weit weg von meinem Wunschmann, wie man nur sein kann. Ich schüttele den Kopf über mich, während ich eine Nachricht in den Gruppenchat tippe. „So. Das wäre geschafft. Sie kommen heute Abend her, dann kannst du alle kennenlernen und wir machen Pläne."

„Hat denn schon jemand geantwortet?"

„Och, die kommen schon." Mit Sicherheit wissen sie von Sarah längst, dass jemand Neues im Dorf ist, und ich könnte wetten, dass sie darauf brennen, ihn kennenzulernen. Von wegen, *ich* bin neugierig. Pff!

David zieht eine Augenbraue hoch, sagt

aber nichts weiter. Minuten später trudeln die ersten Gäste ein und wir haben erst wieder Zeit, miteinander zu reden, als das letzte Fischbrötchen verkauft und der letzte Tee getrunken ist.

Ich drehe das Schild auf „geschlossen“ und beginne, in der Küche Snacks zusammenzusammeln. Ich habe noch etwa Räucherfisch, Katenschinken, Käse aus Husum, eine halbe Quiche und ein Brot, das Hannes mir heute „zum Probieren“ mitgebracht hat. Er experimentiert gern mit neuen Broten, heute ist es ein schweres Landbrot mit Kürbiskernen, das er „Kürbis Knut“ getauft hat. Ich schneide es auf und atme den Duft des Brotes ein. Hannes ist einfach einmalig und er liebt seinen Beruf, das schmeckt man. Jetzt brauche ich nur noch Meerrettich und Honig-Senf ... jemand hüstelt.

„Ach.“ David lehnt mit verschränkten Armen in der Tür und sieht mir zu. „Deine Freunde bekommen schicke Häppchen und ich musste Labskaus essen?“

„Klar.“ Ich zucke betont gelangweilt mit den Schultern. „Ich kenne keinen in meinem Alter, der das freiwillig isst."

Ich ducke mich, als David lachend ein Handtuch nach mir wirft. „Ich fasse es nicht!"

Kichernd schließe ich die Kühlschranktür. „Sorry, da musstest du durch!"

Ach. Guck, wenn er lacht, hat er niedliche Lachfältchen und seine Augen wirken noch wärmer. Ein ebenso warmes Gefühl breitet sich in meinem Bauch aus und ich spüre, wie diese Wärme langsam in meine Wangen kriecht.

David kommt auf mich zu, um das geworfene Handtuch wieder einzusammeln, das hinter mir auf der Arbeitsfläche gelandet ist. Er greift an mir vorbei und ich kann sein Aftershave riechen, einen holzigen Duft. Ich lehne mich lächelnd an die Arbeitsplatte und sein Arm streift meinen, als er nach dem Tuch greift und seine Haut ist warm und jetzt hält er inne und lächelt schon wieder und sein Gesicht ist nur *soo* knapp vor meinem …

In diesem Moment bimmelt das Glöckchen über der Tür. „Rieke? Wir sind da!"

Puh, gerade noch mal gut gegangen. Was

wollte ich? Ah! Honig-Senf-Soße! Das war der Plan. Nicht dümmlich lächelnd David anhimmeln.

Fahrig wische ich meine feuchten Hände (warum sind die feucht? Er hat nur gelächelt, dammich!) an meiner Schürze ab und stürze an ihm vorbei in den Gastraum. Nichts wie weg.

∞∞∞

Als Tom mit seinem breiten Lächeln im Gesicht durch die Tür kommt, strahle ich zurück: „Hey Tom! Schön, dich zu sehen!“

„Hey Rieke! Wie gehts dir?“ Er umarmt mich herzlich.

„Mir gehts prima! Danke fürs Kommen!“

Ben betritt das Restaurant als Nächstes. Er trägt eine Mütze tief in sein Gesicht gezogen und schaut etwas ratlos umher.

„Hi“, sagt er nur knapp und setzt seine Mütze ab, um sich durch die blonden Locken zu streichen. Ben ist entweder sehr schüchtern oder sehr schweigsam, so ganz bin ich bis jetzt nicht schlau aus ihm geworden.

Aber Sarah sagt immer, dass wir ihn ja auch erst seit fast zwanzig Jahren kennen und wir uns wirklich nicht so überstürzt ein Bild von ihm machen sollten. Ich grinse, während er sich an den Tisch setzt und sein Handy zückt, als wäre sonst niemand hier.

Jan folgt ihm nach kurzer Zeit. Jan war schon immer mein großer Beschützer. Ein muskulöser Typ mit Bart und dem rauen Charme eines Wikingers – allerdings lieb wie ein Teddy. Er hat einen großen Kasten Bier dabei – selbst gebraut natürlich - den er stolz präsentiert.

„Moin, Lütte! Hier ist auch was für dich drin." Er zückt eine der Flaschen. „Ein Rhabarber-Alster für meine Rhabarber-Rieke! Schön kalt, hat die ganze Zeit draußen gestanden."

„Du bist ein Schatz!" Ich liebe Rhabarber! „Aber ich bin nicht mehr lütt."

Er grinst zu mir hinab. „Sieht von hier oben anders aus."

Ich knuffe ihn und lasse ihn mit dem Kasten in die Küche gehen, damit er seine neusten Craftbier-Kreationen weiter kühl stellen kann.

Helene erscheint als Nächstes, bis zur Nasenspitze in warme Sachen eingepackt. „Stürmisch", bibbert sie. „Und kalt!"

Mein Bruder Mattis folgt ihr kurz danach. Groß gewachsen, mit einem breiten Grinsen im Gesicht. „N' büschen Wind und schon redet sie von Sturm. Hey Schwesterherz!" Er umarmt mich fest.

„Hi Mattis! Schön, dass ihr es geschafft habt."

David kommt aus der Küche geschlendert, mit einem Tablett in der Hand. Er sieht ausgesprochen gut aus in seiner schwarzen Hose und dem schwarzen Hemd. Ich glaube allerdings, dass er auch in einem pinkfarbenen Jogginganzug noch gut aussehen würde. Sehr ärgerlich.

Tom sieht an mir vorbei. „Und wer ist das?", flüstert er. „Dein neuer Lover?"

„Quatsch!" Ich werde rot bei ihrer Frage. Verdammt. „Das ist David, mein neuer …"

„Ja?"

Ich verpasse Tom einen seitlichen Schubser

mit der Hüfte. „Neuer Kellner!"

David, ein Tablett in der einen Hand, die andere hinter dem Rücken, deutet eine Verbeugung an, stellt die Getränke auf den Tisch. Er lächelt meine Freunde so selbstverständlich an, als würde er nie etwas anderes machen. Ich habe ihm erzählt, dass sie eine verschworene Clique sind und ich hoffe, dass er sich mit ihnen gut versteht. Weil es ja wichtig ist, dass sie sich mögen, wenn wir zusammen … also, wenn die Clique, David und ich zusammen tatsächlich einen Weihnachtsmarkt auf die Beine stellen.

„David! Das sind meine Freunde Tom, Ben, Cousin Jan und Helene mit ihrem Verlobten Mattis. Der zufällig mein Bruder ist. Und das ist Klaas."

„Freut mich", sagt David freundlich.

Tom lächelt breit: „Hey David! Schön dich kennenzulernen!"

Ben nickt und hebt nur die Hand. Alte Plaudertasche.

Jan grinst breit. „Rieke hat also mal wieder einen Streuner eingesammelt, hm?" Er tippt sich grüßend an die Stirn.

David sieht mich fragend an, aber Helene antwortet für mich. „Rieke hat ein Herz für Neuankömmlinge. Mich hat sie damals auch direkt einkassiert und *eingenordet.*“ Sie lacht glücklich und lehnt sich an meinen Bruder, der sie aufs Haar küsst. Kitschköppe.

Auch Klaas begrüßt ihn herzlich. „Herzlich willkommen. Kannst du zufällig singen oder ein Instrument spielen?“

David sieht leicht überfordert aus, lächelt aber tapfer. „Nein, völlig unmusikalisch, sorry.“

Ich bin erleichtert über die positive Reaktion meiner Freunde auf David. Wobei, eigentlich habe ich nichts anderes erwartet. Sie sind schließlich gute Freunde. Sie waren sogar nett zu Alexander, auch wenn sie ihn nicht wirklich mochten. Sie haben sich Mühe gegeben. Mir zuliebe. Vielleicht hätte ich auf sie hören sollen, als sie etwas von Alarmglocken gesagt haben.

„So, was gibts?“ Mattis mal wieder die Geduld in Person.

Also erzähle ich von unserem Fund (Mattis

lacht nur kurz über die Muscheln und verschluckt sich dann ein bisschen am Brot, was er absolut verdient hat) und unserem Plan mit dem Weihnachtsmarkt.

„Nur ein Wochenende, dafür dann aber richtig. Was sagt ihr?“ Ich öffne meine Flasche und nehme einen großen Schluck. Rhabarber-Alster, wie eine Sommererinnerung zum Trinken. Ob Jan auch ein Weihnachtsbier mit Zimt machen könnte? Für den Markt?

„Aufregend“, sagt Tom und fischt sich ein Stück Schinken von der Platte. „Wann denn?“

„Im Advent?“, frage ich. „Wir brauchen Zeit für die Vorbereitung, also ist wohl das letzte Adventswochenende realistisch.“

Jan nickt zustimmend. „Jo. Wie können wir helfen?“

David erzählt von unseren Ideen für die Stände und davon, dass Fiete einverstanden war, den Markt vor der Mühle zu veranstalten.

„Wir brauchen auch noch viele freiwillige Helfer“, ergänze ich eifrig. „Und Ideen!“ Vor lauter Begeisterung verschütte ich ein wenig von meinem Alster.

Klaas sieht seine Chance. „Ich könnte singen. Übe ich mit den Jungs ein paar Weihnachtsklassiker ein und los.“

„Welche Jungs?“ David reicht mir nebensächlich eine Servierte, ohne zu mir zu sehen. Ich wische die kleine Alsterpfütze auf.

Klaas streckt die Brust raus. „Die Jungs von den *Sailin' Scampi*, Sötebys beliebtester Band!“

„Sötebys *einziger* Band“, flüstere ich David zu.

„Dann bist du unser Mann, Klaas“, sagt er ernst.

Alle anderen grinsen sich an. Sarah nickt mir unmerklich zu. Erste Hürde elegant genommen, sagt ihr Blick.

In diesem Moment wird mir klar, dass ich dieses Treffen wie ein Vorstellungsgespräch empfinde, dabei habe ich David längst eingestellt. Erst jetzt merke ich, dass ich den ganzen Tag leicht zappelig war. Nicht etwa wegen Davids Anwesenheit (und seinen unglaublich tiefen Augen), sondern weil ich wissen wollte, was meine Freunde von ihm denken (auch nicht wegen seiner Augen).

„Okay", ich notiere „Weihnachtslieder mit Klaas" auf meiner Liste. „Was fällt euch noch zu Weihnachten ein?"

Ich blicke in leere Gesichter.

Sarah schlägt entschlossen auf den Tisch. „Wir brainstormen! Ohne Nachdenken einfach raushauen. Was assoziiert ihr mit Weihnachten? David, du fängst an. Schnell, sag was!"

„Stirb langsam!", ruft David wie der Teilnehmer einer Gameshow.

Sarah lacht. „Ach, süß, das ist auch Riekes Lieblingsweihnachtsfilm!"

Alle grinsen mich begeistert an, als wäre das irgendeine Art Zeichen. Prompt werde ich schon wieder rot. Super.

Sarah schüttelt den Kopf. „Aber der Vorschlag taugt trotzdem nichts."

„Hey!" David verschränkt die Arme vor der Brust, als wäre er eingeschnappt, doch sein Mundwinkel zuckt. „Brainstorming ist ohne

Wertung! Na gut, dann darf Bruce Willis nicht im Unterhemd durch Söteby rennen und Ganoven jagen."

„Unfair", murmele ich.

David wirft mir einen verschwörerischen Seitenblick zu. „Und wie", raunt er.

„Was noch?", fragt Jan. Nicht, ohne einen vielsagenden Blick in meine Richtung zu werfen.

„Ich könnte Nele fragen, ob sie ein paar ihrer Bilder stiftet", sagt Ben.

Für einen Moment herrscht Stille. Ich glaube, ich kann sogar das leise Platzen der Bläschen in meinem Alster hören. Wie bei einem Tennisspiel drehen sich alle Köpfe zu Ben, dann zu meinem Bruder.

„Was?", fragt Mattis. „Wir können über Nele sprechen. Sie ist nicht die, die nicht genannt werden darf. Anders als gewisse andere Leute."

Er wirft mir einen Blick zu und ich wünschte, ich hätte etwas, was ich zurückwerfen kann. Weil gerade nichts anderes da ist, werfe ich mit einem Käsewürfel, den er erfreut auffängt und isst.

„Döspaddel“, flüstere ich genervt.

Mattis grinst zufrieden und wendet sich wieder an Ben. „Aber ich wusste nicht, dass du Kontakt zu ihr hast.“

Alle Köpfe drehen sich zu Ben. Er hält sein Handy hoch und zeigt uns das Display, auf dem ein Nachrichtenverlauf zu sehen ist. „Ich schreibe mir mit ihr.“

„Jetzt?“, frage ich.

„Ständig.“ Wird jetzt Ben rot? Nein, das liegt sicher am Licht. Er sieht wieder aufs Display. „Sie will wissen, wer der Neue ist.“

Der Neue zieht erstaunt eine Augenbraue hoch.

„Außerdem findet sie die Idee mit dem Sophienmarkt super und möchte wissen, was wir da vorhaben.“ Ben sieht uns an, als wäre das absolut selbstverständlich, dabei kann ich mich nicht daran erinnern, dass er uns in den letzten Jahren auch nur einmal gesagt hätte, dass er sich mit der Ex meines Bruders schreibt.

Und wie es aussieht: ununterbrochen. Ich telefoniere manchmal mit Nele, schließlich ist sie auch meine Freundin, aber Liveberichterstattung über Kurznachrichten? Ich bekomme alle paar Wochen mal eine Nachricht, wie es ihr in München geht oder mit einem neuen Bild, das sie gemalt hat. Aber Ben hat einen heißen Draht zu ihr?

„Faszinierend“, murmelt Tom.

„Grüß sie von uns“, sagt Sarah und sieht mich ratlos an.

Ben, immer für eine Überraschung gut, nickt abwesend. „Nele schickt ein paar Bilder“, sagt er nach einem kurzen Moment.

„Nele malt“, erkläre ich David.

„Das … habe ich mir schon fast gedacht“, sagt er. „Und sie schickt dann weihnachtliche Gemälde?“ Er breitet die Arme aus, um anzuzeigen, dass er mit großformatigen Ölgemälden rechnet.

Sarah schüttelt den Kopf. „Sie malt winzige Landschaftsbilder in die Deckel von alten Bonbon-Dosen und so.“

„Immer Ostsee-Motive. Schleiregion, Reetdachhäuser“, sage ich. „Und Möwen. Nele hat auch Radieschen schon gemalt.“

Ich notiere Bilder auf der Liste. Kunst ist immer gut, vor allem so kleinformatige wie die von Nele. Das ist sicher etwas, was die Touris als Geschenk für die Lieben zu Hause kaufen. Perfekt. „Noch mehr Ideen?“

Wir schnacken noch eine Weile, und langsam nimmt unsere Idee vom Sophienmarkt Gestalt an. Wir verteilen Aufgaben, sprechen ab, wer wen im Dorf fragt, und freuen uns ein bisschen, dass wir so schnell in der Lage sein werden, dem Wunsch eines Jungen ein wenig nachzuhelfen. Auch wenn Sarah immer noch betont, dass sie es ein wenig schräg findet. Na und? Ich habe mich in dem Alter auch mehr für alte Rezepte als für Jungs interessiert, ich finde immer noch, dass es möglich ist.

Kapitel 8

David

Aber es kann doch sein“, sagt Rieke, als sie die Tür schließt, „dass auch ein Teenie sich für alte Mühlen einsetzt. Oder?“

Die anderen sind mit ihren neuen Aufgaben nach Hause geschickt worden, wir haben noch aufgeräumt und jetzt ist Feierabend – auch wenn ich eigentlich noch gern hätte bleiben können.

„Alte Mühlen und junge Leute? Klar, warum

nicht." Ich schlage meinen Mantelkragen hoch. Es ist tatsächlich recht windig, auch wenn die Einheimischen sich über Helene lustig gemacht haben. Die meinen das hier oben ernst mit dem Wind und den Schafen, die keine Locken mehr haben. „Ich habe mich schon immer für Architektur interessiert."

„Dann solltest du dir vielleicht auch mal angucken, worum es eigentlich geht." Rieke lächelt mich an.

„Sophie?" Ich tue so, als würde ich nachdenken. „Dann bietest du mir eine Führung an?"

Riekes Wangen werden rot. Entweder, weil der Wind wirklich kalt ist oder … nein, es wird am Wind liegen.

„'türlich", murmelt Rieke in ihren Schal. „Wenn du jetzt noch Zeit hast …"

Ich sehe auf meine Uhr. „Hm, eigentlich habe ich noch Termine und dann wollte ich mich ins rege Sötebyer Nachtleben stürzen. Aber eine alte Mühle … na, das toppt einfach alles, oder?"

Rieke nickt sehr ernsthaft. „Weiß ich zu

schätzen, dass du Sophie und mich noch in deinem Abend unterbringen kannst."

Ich lache leise und folge ihr. Die Sonne ist längst untergegangen, hier ist genauso November wie überall anders auch. Nur ... dunkler. Ruhiger, mal abgesehen vom Rauschen der Wellen. Hier ist irgendwie mehr November als in der Stadt. Und mit besserer Luft – die allerdings in einem ziemlichen Tempo unterwegs ist und mir so direkt ins Gesicht fegt, dass ich mich anstrengen muss, gegen an zu atmen. Wieder höre ich das Meer mehr, als ich es sehe und heute macht es Geräusche wie ein wütendes Tier. Aha, die Ostsee kann also auch ein richtiges Meer sein, trotz Binnenmeer. Der Wind weht jetzt so stark über die Promenade, dass mir Strandsand direkt ins Gesicht geblasen wird. Die feinen Sandkörner prickeln und piksen wie ein ganz feiner Sandstrahler.

Zur Melodie von Bostons „More Than a Feeling" singe ich „more than a peeling" in meinen Mantelkragen.

Neben mir lacht Rieke. „Ich dachte, du bist unmusikalisch!"

„Und ich dachte, du hörst mich nicht!“

Ich mag, wie sie lacht. Sie lehnt sich lachend in den Wind, als wäre es gar nichts und geht kopfschüttelnd weiter. Und gegen besseres Wissen entscheidet irgendetwas in mir, dass es sehr wichtig ist, sie noch einmal zum Lachen zu bringen. Ah, verdammt. Es sollte doch nicht wichtig werden. Genug jetzt, ich guck mir die Mühle an, morgen kümmere ich mich dann um meinen richtigen Job und dann nichts wie weg hier. Ab in die Sonne oder zumindest ins richtige Leben. Irgendwas, wo das aufregendste Gebäude nicht eine alte Telefonzelle und eine Mühle sind.

„Ist das nicht großartig?“, ruft Rieke gegen das Tosen des Windes an. "Der Wind? Das Meer?"

„Ich … ich mag mein Meer lieber warm.“ Der Wind kommt direkt von vorn und nimmt mir den Atem zum Reden. „Wind ist ja super zum Surfen, aber das Wasser hier … nein.“

Rieke dreht sich in den Wind und sieht mich groß an. „Du surfst? Wo denn bitte in Frankfurt?“

„Dafür fliege ich in den Süden“, sage ich und Rieke sagt: „So einer bist du also“, als wäre das etwas enorm Unanständiges.

Als wir schließlich den Dorfrand von Söteby erreichen, sehe ich die alte Sophie auf ihrem Hügel. Sie steht da und überblickt, leicht verwittert, das Dorf und das Meer. Immerhin steht eine Straßenlaterne in der Nähe, sodass die Mühle nicht völlig in der Dunkelheit versinkt. Angeschlagen ist sie auf jeden Fall, sie lässt einen Flügel hängen, wirkt aber, als würde sie dem Wind trotzen wollen. Sie ist, wie ich leider zugeben muss, ein Gebäude mit Charakter und tatsächlich sehenswert. Eine typische Galerieholländermühle mit einem gemauerten Sockel und drehbarer Kappe und majestätischen Flügeln – bis auf den einen angeschlagenen.

„Wow. Sie ist wunderschön."

Rieke lacht sanft. „Bist du wirklich begeistert?"

Ich nicke. „Ja, bin ich. Es ist erstaunlich, wie etwas so Altes und Verwittertes so viel Charakter ausstrahlen kann."

„Och." Rieke zieht eine Augenbraue hoch. „Liebe auf den ersten Blick, was?"

„Daran glaube ich nicht." Ich wende meinen Blick von der Mühle ab. Rieke steht mit verschränkten Armen neben mir und lächelt. Ich spüre, wie mein Herz schneller schlägt.

„Bisher nicht", korrigiere ich mich leise. „Aber wer weiß, vielleicht ändert sich das gerade."

David, du musst jetzt wirklich einen Gang runterschalten. Das hat mit spielerisch nichts mehr zu tun, reiß dich zusammen.

„Das ist aber oberflächlich", sagt Rieke lachend.

„Oh, ich bin mir sicher, sie hat viel Charakter und innere Werte."

Rieke lässt den Schlüsselbund vor meiner Nase klingeln. „Was meinst du, willst du sie richtig kennenlernen?"

„Unbedingt", sage ich und hoffe, dass nur ich eine Unterhaltung zwischen den Zeilen führe.

Kapitel 9

Rieke

Flirte ich? Ich flirte doch, oder? Das ist nicht besonders klug von mir. Vor allem nicht, weil ich das Gefühl habe, dass er zurück flirtet und wo das hinführt … ich seufze und schließe die Mühle auf.

Kann nicht mal jemand von umme Ecke umwerfend sein? Muss es immer gleich weit weg sein? Und muss er so unfassbar gut aussehen?

Das ist doch unfair und absolut albern. Ich stoße die Tür auf und trete ein, dicht gefolgt von David.

Es riecht alt in der Mühle, nach Staub, altem Holz und Geschichte. Für mich ist die Mühle ein etwas, was einfach immer da ist. Wie ein Einrichtungsgegenstand, der immer an der gleichen Stelle steht und an dem man achtlos vorübergeht. Der vielleicht erst auffällt, wenn er nicht mehr da ist.

„Hm." Ich streiche mit dem Finger über irgendein altes Holzding. „Wäre wirklich gut, wenn sie erhalten bliebe."

David runzelt die Stirn. „Wirklich gut? Ich nehme an, das ist norddeutsche Leidenschaft?"

„Jo." Ich verkneife mir ein Lachen und schalte die Taschenlampe meines Handys ein. Ob Fiete und seine Jungs hier wohl schon elektrisches Licht gelegt haben? Ich suche die Wände nach einem Lichtschalter ab, finde aber nichts. Dafür entdecke ich die Treppe, die auf den nächsten Boden führt.

Ich höre Davids Schritte hinter mir. „Bist du sicher, dass die hält?"

„Warum denn nicht? Sie hat zweihundert Jahre gehalten."

Vorsichtig wippe ich auf der ersten Stufe, die bedenklich knarzt. Als ich mich zu David umdrehe, steht er direkt hinter mir, die Arme ausgestreckt, als wolle er mich im Notfall auffangen. Den Gedanken finde ich erstaunlich beruhigend, auch wenn ich normalerweise nicht der Typ Frau bin, der unbedingt aufgefangen werden muss. Allerdings hat mir das schon bei unserer ersten Begegnung ausgesprochen gut gefallen, dieses Aufgefangen werden. Wir sind jetzt auf Augenhöhe. Seine dunklen Augen funkeln in der Dunkelheit, dicht vor mir. Mein Blick wandert direkt zu seinen Lippen.

Das Tolle daran, nordisch zu sein, ist ja, dass wir unsere Impulse immer unter Kontrolle haben und uns nie zu großen Dummheiten hinreißen lassen. Also landen meine Lippen ziemlich genau in dem Moment, in dem ich das denke, auf seinen. Wirklich prima, diese zurückhaltende Art.

Allerdings bleibt keine Zeit, mich über mich selbst zu wundern, denn David zieht mich in seine Arme und erwidert meinen Kuss – was dazu führt, dass ich gar nichts mehr denke.

Davids Hände streichen über meinen Rücken, seine Lippen erkunden meine und was spontan und stürmisch begann, wird leidenschaftlich und schwindelerregend. Ich lasse meine Hände unter seinen Mantel gleiten, über die weiche Wolle seines Pullovers und seine Brust. Ich spüre sein Herz unter meiner Hand klopfen. Der Wind heult durch die alte Mühle und in mir beginnt auch ein kleiner Sturm zu toben. Das ist verkehrt, ruft eine kleine Stimme in meinem Hinterkopf, völlig verkehrt!

Nach Luft japsend löse ich mich von David. „Du bist nicht verheiratet, richtig?“

David blinzelt irritiert. „Ich … nein, warum? Sollte ich?“

„Auf keinen Fall!“ Ich streiche meinen Mantel glatt, der etwas in Mitleidenschaft gezogen wurde (ha, wortwörtlich. Sehr viel Leidenschaft!). „Ich bin sehr für Ehrlichkeit, musst du wissen und es wäre wirklich ärgerlich, wenn ich vergesse, die wichtigen Fragen zu stellen.“

David nickt ernst. „Verstehe. Okay, dann frag mich alles, was du wissen willst."

„Freundin? Freund? Vergeben? Verlobt?"

„Nein, nein, nicht mehr und kein bisschen."

Erleichtert atme ich aus. „Klingt gut."

David lächelt ein kleines, schiefes Lächeln. „Finde ich auch. Ich nehme an, für dich trifft auch nichts davon zu?"

„Nö."

David kommt wieder näher. „Sehr gut. Bevor du mir weitere wichtige Fragen stellst, zum Beispiel, was ich eigentlich hier mache, würde ich dich gern noch einmal küssen. Aber dann die wichtigen Fragen."

„Hmmm …" Ich tue so, als würde ich nachdenken und lache auf, als er mich an sich zieht und stürmisch küsst. Meine Knie geben nach und mein Verstand geht in die Knie. Keine weiteren Fragen, außer vielleicht, ob wir das bitte nur noch tun können. David ist ein fantastischer Küsser, raffiniert und fantasievoll und ich habe das Gefühl, am ganzen Körper zu vibrieren. Nein, warte. Das ist mein Handy.

„Du brummst“, flüstert David an meinem Mund.

Ach, dammich. Vielleicht ist es wichtig. Seufzend löse ich mich von David und sehe, dass ich fünf verpasste Anrufe von Fiete habe. Und eine Textnachricht.

„Es ging nie um die Mühle“, lese ich vor. „Mehr dazu morgen, ich schicke sie morgen Nachmittag zum *Strandkieker*. Gute Nacht.“

David streicht sie die dunklen Haare aus dem Gesicht. „Wen oder was schickt er zum Strandkieker?“

Kapitel 10

David

Montags morgens, sagt Rieke, ist nie viel los im Strandkieker. Also hat sie mir freigegeben und kann ich heute meinem eigentlichen Job nachgehen. Natürlich frage ich mich, ob ich freihabe, weil es ihr vielleicht unangenehm ist, mich nach gestern Abend zu sehen. Wäre doch durchaus möglich, dass meine neue Chefin mich schlicht aus Versehen geküsst hat und es ihr jetzt, bei diesigem Morgenlicht betrachtet, wie ein dummer Fehler vorkommt. Was es war. Ein saudummer Fehler. Zum Glück haben wir uns nach Fietes Nachricht direkt gesammelt und sind brav nach Hause gegangen.

Ich steige aus dem Auto und atme die kühle Novemberluft tief ein. Der Geruch von feuchtem Laub und Erde liegt in der Luft. Ich habe entschieden, nicht direkt vorzufahren, sondern das Auto an der Hauptstraße stehenzulassen. Ein bisschen kalte Luft hilft vielleicht dabei, meine Gedanken zu sortieren. Die kreisen nämlich ärgerlicherweise nur um ein Thema: Rieke.

Verdammt, ich hätte sie nicht küssen dürfen. Aber wer ahnt denn, dass ihr Kuss ein solches Feuerwerk auslösen würde? Ich trete gegen einen Stein. Vielleicht liegt es an der Luft. Oder da war was in dem komischen Craftbier von Riekes Freund, denn normalerweise reicht ein Kuss nicht, um mich so derartig aus der Bahn zu werfen. Möglicherweise ist es aber auch Rieke selbst. Sehr wahrscheinlich sogar, denn sie ist umwerfend. Aber etwas mit einer Frau aus dem Norden anfangen? Das hat doch keine Zukunft.

Und das hätte ich gern, eine Zukunft. Wenn ich mich noch einmal auf eine Beziehung einlasse, dann ganz. Ich will das große Programm, mit Hochzeit und Familie ... und ich denke gerade schon wieder viel zu viel. Es war ein Kuss. Mehr nicht. Jetzt konzentriere ich mich auf den Job und dann bin ich weg.

Der Weg zum Hof führt durch eine malerische Landschaft mit sanften Hügeln und Weiden. Na ja, vielleicht ist sie in jeder anderen Jahreszeit malerisch. Im Moment ist alles matschbraungrau. Wer so malt, hat alle Farben ineinander gerührt und vor grauem Hintergrund verteilt. Trostlos. Am Ende des Weges sehe ich den typischen roten Backstein des Bauernhauses, umgeben von Scheunen und Ställen.

Als ich näherkomme, höre ich das Rattern einer Maschine. Ich folge dem Klang bis zur Seite des Hauses, wo ein älterer Mann an einem dieser riesigen Landwirtschaftsmonster herumschraubt. Irgendein Ernteding mit Klauen und Rädern. Keine Ahnung, wie dieses Ding heißt, aber ich bin mir ziemlich sicher, dass es sich auch im Einsatz gegen Drachen bewähren würde. Waren diese Maschinen nicht kleiner, früher irgendwann?

„Entschuldigung“, rufe ich ihm zu, „ich suche Herrn Jöns.“

„Haste gefunden“, antwortet er, ohne aufzuhören, zu arbeiten.

Ich beginne höflich, stelle mich vor und stelle ein paar interessierte Fragen zu dem Monster, an dem Herr Jöns herumklopft.

„Mähdrescher“, sagt er. „Hat dieses Jahr n’büschen wat abbekommen. Steine in der Dreschtrommel. Und hier: abben Hydraulikschlauch hat er auch.“

„Und das reparieren sie selbst?“

„Schon figgeliensch“, murmelt er. „Aber dat geiht. Die großen Dinger sind unpraktisch. Is ja allens so riesig geworden. Hab gehört, es soll irgendwann kleinere Maschinen geben. Besser für die Böden. Is auch sonst besser, oder?“

Ich nicke, als hätte ich auch nur einen Schimmer, wovon er redet. Klar, als Ingenieur ist mir so was nicht völlig fremd, aber ganz ehrlich –

Landwirtschaft ist eine ganz andere Baustelle.

Was ich aber weiß: Wenn Herr Jöns so bemüht ist, die Maschine selbst zu reparieren, kann er sicher das Geld gebrauchen, das ich ihm anbiete. Und jammern diese Bauern nicht immer über alles? Zu viel Sonne, zu viel Regen, zu wenig Gelder, zu viel dieses, zu viel jenes. Und wenn meine Recherche stimmt, hat Herr Jöns auch keinen Nachfolger für seinen Hof.

Herr Jöns steht auf und klopft sich den Staub von seiner grünen Latzhose. „Verlaufen?“, fragt er und mustert mich.

„Nein“, antworte ich fröhlich. „Ganz und gar nicht, Herr Jöns. Ich bin sogar ihretwegen hierhergekommen.“

„Ach.“ Da ist keine Reaktion in seinem Gesicht.

„Ja“, fahre ich fort. „Ich arbeite für eine Immobilienfirma in Frankfurt und wir suchen nach geeignetem Baugrund hier in der Region.“

Herr Jöns nickt kurz. Seine Hände liegen gefaltet auf seinem Bauch und er scheint wenig beeindruckt von meinem Charme oder meiner

Eloquenz zu sein. Sicher sein kann ich mir nicht, denn sein Gesicht verrät nichts.

„So bin auf Ihr Land gestoßen und würde gern mit Ihnen darüber sprechen, ob Sie bereit wären, es zu verkaufen", füge ich hinzu.

Wieder nur ein Nicken. Nur verschränkt er jetzt auch die Arme. Ah, das ist ein Zeichen. Kein gutes allerdings. Obwohl ich gelernt habe, dass Körpersprache nicht immer aussagekräftig ist. Verschränkte Arme müssen nicht für Ablehnung stehen. Vielleicht weiß er nur nicht, wohin mit ihnen.

„Wir haben bereits einige andere Flächen in Norddeutschland gekauft und möchten unser Portfolio hier weiter ausbauen." Ich lächele. „Wir sind bereit, Ihnen ein lukratives Angebot zu machen."

„Nö."

Nö? Das ist doch keine Diskussionsgrundlage! Ich kann mir ein Seufzen kaum verkneifen. Das wird schwieriger als gedacht.

„Ich verstehe Ihre Bedenken", antworte ich. „Aber ich möchte betonen, dass wir kein gewöhnliches Unternehmen sind. Wir möchten uns langfristig in dieser Gegend engagieren und etwas Nachhaltiges aufbauen."

Er sieht mich skeptisch an. „Und was genau soll das sein?"

„Etwas Schönes", sage ich lächelnd. „Ein Ort zum Leben und Arbeiten für Menschen jeden Alters – vom jungen Paar bis zum Rentner." Vom wohlhabenden jungen Paar bis zum reichen Rentner. „Ein Projekt, das natürlich auch Arbeitsplätze sichern und Söteby sogar einen Sprung nach vorn ermöglichen kann." Zwei Restaurants, zwei Telefonzellen. Hui.

Der Bauer starrt weiterhin unbeeindruckt zurück. „Nicht interessiert".

Ich spüre Wut in mir aufsteigen – das hat bisher noch niemand abgelehnt, ohne zumindest einmal nachzufragen! Aber ich habe ausreichend Verhandlungsgeschick gelernt und ich gebe nicht auf.

„Wir bieten einen fairen Preis."

„Hm." Jöns kratzt sich nachdenklich schlecht rasierte das Kinn. „Nö."

„Wie wäre es, wenn wir bei einem schönen, warmen Tee noch einmal über die Vorteile für Sie sprechen würden?“

Er schiebt die Unterlippe vor. „Ich sach ma so: nö.“

Jetzt wirds kompliziert! Wie soll ich so verhandeln? Mit Widerspruch kenne ich mich aus, aber der ist für gewöhnlich etwas wortreicher.

„Ich habe mir schon gedacht, dass Sie sich ungern von diesem schönen Land trennen“, sage ich, obwohl ich mir absolut nicht vorstellen kann, wie man an ein paar Hektar Matsch hängen kann. „Aber vielleicht gibt es ja etwas, was wir tun könnten, damit Sie doch überdenken, ob sie ihr Land abgeben würden?“

Der alte Mann mustert mich skeptisch. „Und was hättest du da im Sinn?“

Ich seufze innerlich auf, denn zumindest beginnt er ein Gespräch mit mir. „Das Land, das mir vorschwebt, ist nur ein Randgrundstück.“ Das mit dem Seeblick über die Steilküste. Dieses Land ist Gold wert! Und jetzt liegt da ein Feld, auf dem Raps angebaut wird. Raps! Dabei könnte er ein Vermögen damit machen. „Vielleicht könnten wir Ihnen helfen, Ihre Ernte auf dem restlichen Land zu verbessern? Mit moderner Technologie und Know-how könnten wir eine Win-win-Situation schaffen."

Der Bauer sieht mich immer noch skeptisch an, aber ich merke doch, dass etwas in ihm vorgeht. Jetzt habe ich ihn!

„Nö", sagt er schließlich.

Ich bin kurz davor, wie so ein Dreijähriger „Aber warum denn nicht?!" zu rufen, nicke aber verständnisvoll. „Wenn Sie es sich anders überlegen, hier ist meine Karte."

Herr Jöns nickt gelangweilt und steckt meine Karte in die Brusttasche seines karierten Hemdes. „Tja dann. Schönen Tach noch."

Frustriert mache ich kehrt und marschiere zurück zum Auto. Was für ein stures Volk! Unglaublich.

„Wart mal!", ruft Jöns mir nach. „Versuchs bei Sievert . Vielleicht hat der was für euch."

Er deutet mit dem Daumen in die Richtung des Nachbargehöfts.

„Danke vielmals!“, rufe ich ihm zu und drehe mich um. Das war dann wohl nichts. Aber wenigstens habe ich jetzt einen neuen Anlaufpunkt für meine Suche nach Baugrund gefunden.

Kapitel 11

Rieke

Was mir gestern Abend noch völlig logisch und richtig vorkam, macht mich jetzt nervös und hibbelig: Ich habe David geküsst. Ich kann doch nicht jemanden küssen, bei dem ich noch in Stunden angeben kann, wie lange ich ihn kenne! So etwas muss doch von langer Hand geplant sein. Dann hätte ich vielleicht auch eine bessere Lösung gehabt, als ihm heute Vormittag freizugeben, denn seit heute Morgen brummt es im *Strandkieker*. Aber wenn weglaufen keine Option ist, geht nur wegschicken. Oder?

Alle Tische sind besetzt und jetzt auch noch das: Meine Mutter stürmt in den Laden. Was nichts heißen muss, denn sie stürmt immer. Für langsam gehen hat sie keine Zeit. Seit Jahren überlege ich, ob ich ihr zu Weihnachten so ein Stickbildchen mit ihrem Wahlspruch schenken sollte. „Mir ist das Bummeln nicht gegeben." Mit Blümchen drumherum.

„Rieke." Sie baut sich vor dem Tresen auf.

„Moin, Mama. Was kann ich dir anbieten?"

Natürlich ist sie nicht hier, um etwas zu essen oder zu trinken. Sie glaubt nicht an Außer-Haus-Kaffee und schon gar nicht an meine Kochkünste.

„Mir ist zu Ohren gekommen, dass du einen Weihnachtsmarkt planst."

„Ähm. Ja?"

„Ich könnte backen. Heidesand. Wenn das nicht zu banal für euren schicken Markt ist."

Atmen, Rieke, tief ein- und ausatmen. „Nee, Mama, die sind perfekt! Deine Heidesand-Plätzchen sind super."

„Mhm." Meine Mutter brummt und sieht die Muffins in der Auslage wütend an, als hätte jeder einzelne davon ihre Plätzchen persönlich beleidigt. „Hättest mir auch ruhig persönlich Bescheid sagen können."

„Mama, wir haben das erst gestern ..."

„Ja, ja, kenn ich schon. Deine Mutter ist wie immer die Letzte, die irgendwas erfährt."

Und das geht ja nu gar nicht. Muddern hat alles als Erste zu erfahren, brühwarm bitte schön. Sonst ist es Verrat und Meuterei und überhaupt ein Zeichen dafür, wie furchtbar und lieblos ihre Kinder sind. Die Tochter natürlich noch ein bisschen furchtbarer als der Sohn, weil eine Tochter als solche dazu verpflichtet ist, eine fast telepathische Verbindung zur Mutter aufrechtzuerhalten.

Das Glöckchen über der Tür rettet mich, ein neuer Gast, juhu. Alles ist besser als eine Diskussion mit meiner Mutter. Oh. Doch kein

Gast.

„Ach, David!“ Ich winke ihm, denn selbst, wenn ich meine Aktion von gestern bedenklich bis peinlich finde, ziehe ich ein Gespräch mit ihm jetzt deutlich vor.

„Hi, Rieke.“

Wären wir allein, würde mich sein Lächeln von den Füßen fegen. Von wegen peinlich, er freut sich, mich zu sehen! Und dem Blick nach zu urteilen, hätte er nichts gegen eine Wiederholung von gestern Abend.

„Da komme ich ja gerade rechtzeitig“, verkündet er mit einem Blick auf die voll besetzten Tische. „Soll ich mir gleich mal die Schürze umbinden?“

„Schürze?“ Meine Mutter beäugt ihn neugierig. Wobei ihr neugierig auch als feindlich gedeutet werden könnte. David lächelt sie trotzdem freundlich an.

„Hallo, ich bin der neue Kellner.“

„Moin, ich bin die Mutter.“ Und weil sie nun einmal ist, wer sie ist, wandert ihr Blick sehr betont zu seiner Hand auf der Suche nach einem Ring oder zumindest dem Abdruck von einem. Sehr witzig, Mama, wirklich.

„Frau Wilken? Sehr erfreut." Davids Lächeln ist überaus professionell, ihre sichtbar schlechte Laune perlt einfach an ihm ab. „Ich bin David. David Weber. Aus Frankfurt."

„Ah. Der Immobilien-David." Der Blick meiner Mutter verfinstert sich.

„Nein, Mama, David ist Kellner."

„Nee, nee. Er hat vorhin versucht, Hinnerk Land abzukaufen. Macht ein Kellner eher nicht, oder?"

Davids Lächeln gleitet kurz ins Hilflose ab, dafür wird das meiner Mutter zu einem Triumphgrinsen. Sie weiß etwas, was ich nicht weiß.

„Aber ..."

„Rieke", David legt mir sanft die Hand auf den Arm, „ich glaube, ich muss dir da etwas erklären."

Ich kann geradezu hören, wie meine Mutter

„Au ja!" denkt. Nach Alexander kann sie gar nicht aufhören, mir zu erzählen, wie wenig Menschenkenntnis ich habe. Sie wird nicht müde zu betonen, dass wir unser Talent zu Fehleinschätzungen nicht von ihr haben.

Was eigentlich ganz gut ist, denn sonst würde ich vermutlich der ganzen Welt misstrauen und wie sie dauerhaft schlechte Laune haben. Allerdings besteht die Gefahr, dass ich ohne ihr Misstrauen zu oft verletzt werde und am Ende doch wie sie werde. Kinners, nee! Das will ich nu wirklich nicht.

Ich lächele mein überzeugendstes Lächeln. „Alles okay, David. Ich weiß doch Bescheid."

Muddern und David sagen unisono „Ach?", nur sieht meine Mutter dabei enttäuscht aus und David erleichtert.

„So, nu aber an die Arbeit." Ich deute geschäftig auf einen Tisch. „Da muss abgeräumt werden und Tisch drei wartet auf Waffeln. Bis später, Mama, du siehst, wir sind beschäftigt!"

Damit drehe ich mich um und verschwinde hastig in die Küche, wo ich ratlos mein

Waffeleisen anstarre. Immobilienfuzzi? David? Dafür gibt es sicher eine gute Erklärung. Allerdings nicht vom Waffeleisen, das nutzlose Ding weiß gar nichts.

„Rieke?" David balanciert einen Stapel benutzter Teller in die Küche und stellt sie an der Spüle ab. „Ist alles in Ordnung?"

„Hm? Doch, klar. Allerbestens." Ich habe nur vergessen, vor unserem Kuss gestern wirklich *alle* relevanten Fragen zu stellen. Alles nur wegen der dämlichen Küsserei und dem verdammten Kribbeln im Bauch!

Sonst wüsste ich vermutlich, dass er natürlich nicht aus Frankfurt hergekommen ist, um in meinem winzigen Hinterwälder-Restaurant zu kellnern. In dem Alter. In dem Outfit.

„Ah!" Jetzt fällt es mir wie Schuppen von den Augen. „Luxusimmobilie! Du bist hier, um dieses Apartment-Dings zu bauen, von dem du erzählt hast! Von wegen Söteby zu Sylt machen und so!"

David nickt. „Ich wollte es dir gestern Abend sagen, aber ..."

Woah, ich fasse es nicht!

„Aber der Rest war ganz ehrlich." Davids Stimme ist tief und warm und ich könnte ihm glatt in die Arme sinken – ah! Bestimmt wickelt er so Leute um den Finger, um ihnen ihr Land abzukaufen.

„Pff!" Ich suche etwas, womit ich mich beschäftigen kann.

Ein bisschen Hefeteig verkloppen wäre toll, aber meine Backwaren beziehe ich überwiegend von Hannes. Also klappere ich stattdessen unnötig laut mit meinem Messer auf der Arbeitsfläche und versuche, desinteressiert zu wirken. Fischbrötchen vorbereiten, David ignorieren.

„Das mit dem Job …" Er streicht sich durchs Haar. „Und dir … ich wollte doch nur ein bisschen die Stimmung der Leute einschätzen … und dann ist Torge gestürzt und mir ist dieser Job geradezu in die Arme gefallen. Der Job und du."

Wütend donnere ich eine Zwiebel auf das Schneidebrett. In die Arme gefallen! Da ist es dann natürlich gar nicht weiter wichtig zu sagen, wer man wirklich ist, richtig? Nicht schon wieder! Ich kann doch nicht ernsthaft schon wieder auf solch einen Blender aus der Großstadt reinfallen. Das ist doch eine Macke!

„Rieke?“ David steht neben mir, was ich mehr spüren als sehen kann. Ich rieche sein dämliches, teures Aftershave und fühle die Wärme, die er ausstrahlt. „Weinst du etwa?“

„Wa?!“ Weinen? Ich? Ich schniefe und wische mir hektisch übers Gesicht. „Zwiebeln“, murmele ich. „Das liegt an dieser Zwiebel für die … für die Dings.“

David nickt. „Die Dings.“

„Matjesbrötchen!“, rufe ich anklagend.

„Äh?“ David wirkt verwirrt, als würde er darüber nachdenken, ob das eine Beleidigung ist oder nicht.

Ich bin kurz davor, mit Majtes nach ihm zu werfen, zeige aber stattdessen auf Filets.

„Oh.“ David streicht sich durchs Haar, legt die Hand an seinen Nacken. „Ja. Ich wollte nur … ich wollte dich wirklich nicht anlügen.“

Wenn ich irgendetwas noch mehr hasse als zu weinen ist es, wenn mich jemand beim Weinen erwischt.

„Kein Ding", erkläre ich und recke mein Kinn, als wäre wirklich überhaupt nichts. „Du hast eben nur etwas weggelassen, das ist ja keine Lüge, richtig?"

Mein Lachen ist echt, aber kurz vor hysterischem Kichern. Genau das hat Alexander gesagt. Und jetzt mache ich den gleichen Quatsch noch einmal! Wie dumm! Dabei ist David nicht einmal mein Typ!

„Du ... weinst aber wirklich nicht meinetwegen?"

Ich lache humorlos auf. Lügner und dann auch noch selbst überschätzt, die mag ich am liebsten. Ah, dammich. Anscheinend mag ich die tatsächlich am liebsten. Ich wische mir über die Augen und sehe ihn wütend an. „Nee. Nur Zwiebeln. Hat echt nichts mit dir zu tun."

David steht noch immer neben mir. „Das müssen ziemlich fiese Zwiebeln sein."

„Richtige Arschloch-Zwiebeln." Ich klinge

heiser. „Die schlimmsten. Verlogene Dreckszwiebeln."

„Das tut mir leid, dass sie so gemein zu dir waren. Die Zwiebeln." Er hält mir ein Taschentuch vors Gesicht. „Und es tut mir wirklich wirklich leid, dass ich nichts gesagt habe."

„Mhm." Ich zupfe ihm das Taschentuch aus der Hand.

„Ich wollte es wirklich sagen. Gestern. Aber dann …"

Ja, danke, ich weiß, was dann war. Ich und meine verdammte Impulsivität. „Nee, schon gut. War ja nichts. Hätte ja auch fragen können." Innerlich trete ich mir vors Schienbein. „Ich dachte nur, du wärst …"

Ja, was habe ich gedacht? Dass er von der Muschel geschickt worden wäre? Die Erfüllung eines Wunsches auf zwei Beinen? Vielleicht habe ich mir auch nur zu viel gewünscht und wie im Märchen hat sich irgendso ein blöder Butt darüber aufgeregt. Ich muss fast lachen. Ach Mensch, Rieke! Werd erwachsen. „Ich dachte, du wärst Kellner. Und dass das alles ein unglaublicher Zufall wäre."

„War es ja auch. Und bin ich ja auch." David streicht sich verlegen durch die dunklen Haare. „Also, war ich ja auch. Kellner. Während des Studiums. Und als du angenommen hast, ich wäre deshalb hier ..."

Was sagt meine Mutter immer? *Wenn etwas zu gut ist, um wahr zu sein, ist es das auch nicht.* Ah, nein, jetzt werde ich doch noch wie sie. In zehn Jahren fange ich dann an, meine Gäste anzuknurren und in zwanzig bin ich so verbiestert, dass ich die ganze Welt furchtbar finde.

„Hallo?", ruft eine junge Stimme unsicher aus dem Gastraum.

Ich drehe mich zur Wand und wedele mit der Hand. „Kundschaft."

Ich höre, wie David geht.

Kapitel 12

David

Perfekt, David, wirklich ganz groß. Hast du toll hinbekommen. Nicht das erste Mal hege ich den Verdacht, dass vielleicht gar nicht ich Pech mit Frauen habe. Vielleicht haben sie Pech mit mir, weil ich ein riesen Trottel bin.

Ich betrete den Gastraum und zwinge mich zu einem Lächeln. Das alles hätte deutlich besser laufen können. Hatte ich nicht gesagt, dass ich Urlaub brauche? Ich hätte diesen Auftrag nicht annehmen und direkt in den Süden fahren sollen. Dann hätte ich allerdings nie Rieke kennengelernt, hätte sie nie geküsst … und sie auch nie wütend gemacht.

Am Tresen warten zwei Teenager – der Junge kommt mir vage bekannt vor, groß, schlaksig und schlank, in einen grauen Hoodie gekleidet. Neben ihm steht ein Mädchen, eine Strickmütze bis fast an die Stupsnasenspitze gezogen und betrachtet die Muffins in der Auslage.

„Hey", begrüßt mich der Junge und zeigt ein schüchternes Lächeln. „Fiete hat uns geschickt. Wir sollen einen großen Kaffee und einen Muffin bringen." Er rollte einen Schein in den Händen. „Er ist beim Angeln."

Ich nicke und mache mich daran, ihre Bestellung zu bearbeiten. Fiete schickt sie? Hatte er gestern nicht geschrieben, er würde heute irgendwas in den *Strandkieker* schicken, und dass es nie um die Mühle ging? Haben die Kids vielleicht eine Nachricht dabei?

„So, ein Muffin, ein Kaffee." Ich stelle beides

auf den Tresen. „Hat Fiete noch etwas gesagt?“

Das Mädchen runzelt nachdenklich die Stirn, während der Junge sie heimlich anschaut.

„Hat er was gesagt, Malte?“ Sie legt ihre Hand auf seinen Arm.

Seine Augen strahlen, als wäre er der glücklichste Kerl der Welt. Die Art, wie er sie ansieht, verrät mehr als Worte es könnten. Es ist offensichtlich, dass er in sie verliebt ist.

„Nee, er hat nichts gesagt. Nur, dass wir herkommen sollen und ihm dann Kaffee bringen.“ Er zuckt mit den Schultern.

„Schräger Vogel“, murmelt das Mädchen und Malte grinst breit.

Das Mädchen nimmt die Tüte mit dem Muffin und den Kaffee und marschiert zur Tür, während ich Malte das Wechselgeld gebe. „Und für euch soll es nichts sein?“ Ich werfe einen bedeutsamen Blick auf den Rücken des Mädchens und dann zum Gebäck. Er guckt kurz ratlos, dann macht es Klick.

„He, Sophie, willst du auch einen Muffin?“,

ruft er ihr nach. „Ich … ich lad dich ein."

Sophie lächelt und nickt. „Ja, gerne."

Sophie. Und der Junge im Hoodie. *Es ging nie um die Mühle!* Ha! Grinsend packe ich zwei Muffins ein, verkünde, dass es aufs Haus geht und rufe gleichzeitig nach Rieke.

Sie kommt tatsächlich direkt nach vorn, ich bin mir aber unsicher, ob sie sich gerade die Hände abtrocknet oder das arme Geschirrtuch stellvertretend für mich erwürgt.

„Was?", brummt sie.

„Das sind Malte und Sophie", sage ich mit Nachdruck und zwinkere ihr unfassbar albern zu.

„Moin, Malte", sagt Rieke unbeeindruckt. „Grüß deinen Vater von mir, der Kürbis-Knut war super."

Malte nickt. Aha, also ist er der Sohn des Bäckers? Aber wichtig ist ja etwas ganz anderes. „Malte und *Sophie*", sage ich zu Rieke, „bringen Fiete Kaffee, Fiete schickt sie, willst du Fiete noch etwas ausrichten lassen?"

„Hä?“ Riekes Ausdruck nach versucht sie herauszufinden, ob mit meinem Verstand alles in Ordnung ist. „Ob ich Fiete noch etwas … oh. Oooh!“ Ihr finsterer Blick hellt sich auf. „Du bist *Sophie*, hm?“

Die beiden werfen sich einen Blick zu, den ich aus Teenagerzeiten nur allzu gut kenne. „Alle Erwachsenen sind verrückt“, besagt dieser Blick. Niemand kann so herrlich mit Blicken verurteilen wie Sechzehnjährige.

Rieke lacht leise. „Ja, könnt ihr Fiete bitte ausrichten, dass wir … äh …“

„Seine Nachricht bekommen haben“, springe ich ein.

„Genau.“ Rieke nickt. „Und dass ich ihn später besuchen komme. Um alles Weitere zu klären.“

„Wir“, sage ich. „Wir kommen ihn später besuchen.“

„Ach.“ Rieke würgt wieder das Handtuch.

Die beiden Teenager tauschen Blicke, die Bände sprechen. Ja, ich finde uns auch anstrengend, nervig und kompliziert. Kommt ihr erst einmal in mein Alter, nichts ist da einfacher! Das sieht nur von außen so aus.

„Tschüss“, verkündet Sophie und zieht Malte mit sich. Auf dem Weg nach draußen wispert sie ihm etwas zu und er lacht auf. War sicher etwas Nettes über uns.

„Tja dann“, sagt Rieke, als die Tür hinter ihnen zufällt. „Ich nehme an, ich muss mir dann mal einen neuen Kellner suchen.“

„Nein.“ Ich habe schneller gesprochen als gedacht. Natürlich muss sie jemand Neues suchen. „Aber doch nicht gleich. Ich kann dir gerne noch helfen, bis jemand gefunden ist.“

Ah, das klingt nach einer dieser vertrauten Gespräche. Hier war nichts, nichts weiter als ein Kuss, aber trotzdem. Es ist die Light-Version von „Du kannst gern noch hier wohnen bleiben, bis du etwas gefunden hast“. Wobei ich an diesem Punkt nicht wirklich oft war. Die Beziehung zu Dinah war direkt in dem Moment vorbei, als wir zusammenziehen wollten. Als *ich* das wollte.

Rieke schafft es wortlos „na gut, wenn es sein muss“ mit nur einem Augenbrauenzucken zu sagen und geht dann zurück in die Küche.

Sie wirkt immer noch verärgert, als ich kurz darauf in die Küche komme. Ihr Blick ist eisig, und ich kann die Spannung in der Luft förmlich spüren. Die Töpfe klappern, als sie in der Küche herumhantiert, und ich versuche, die richtigen Worte zu finden, um die Dinge klarzustellen.

„Rieke, bitte hör mir zu", sage ich und versuche, meine Nervosität zu verbergen. „Ich weiß, dass du wütend auf mich bist, und ich verstehe, warum. Ich hätte dir von meinem Job erzählen müssen."

Sie dreht sich zu mir um, die Hände in die Hüfte gestemmt. „Meinst du?"

Ich schlucke schwer, bevor ich antworte. „Es war nur ... weil du gleich klargemacht hast, wie sehr du dagegen bist. Ich glaube aber wirklich, dass diese Luxuswohnungen dem Dorf zugutekommen könnten. Sie könnten Arbeitsplätze schaffen und das Tourismusgeschäft ankurbeln."

Rieke lacht bitter auf. „Tourismusgeschäft? Glaubst du, das ist alles, was unser Dorf braucht? Schau dir Sylt an. Oder St. Peter-Ording. Durch Ferienwohnungen fehlt es auch da an bezahlbarem Wohnraum. Ich will nicht, dass das hier passiert. Wir brauchen Einwohner, die sich am Dorfleben beteiligen, wir brauchen Leute, die bei der Freiwilligen Feuerwehr sind, Nachbarn, die auch in der Nebensaison da sind."

Ich trete näher an sie heran, aber sie weicht einen Schritt zurück. Ihre Augen funkeln vor Wut.

„Rieke, ich verstehe deine Bedenken wirklich. Aber ich glaube an das Potenzial dieses Dorfes. Die Einnahmen aus dem Tourismus könnten euch helfen, die Gemeinschaft zu stärken."

„Du hast doch keine Ahnung von unserer Dorfgemeinschaft!"

Da ist etwas dran. „Ich würde nie zugelassen, dass wir hier bauen, wenn ich nicht glauben würde, dass es gut für euch ist." Das ist möglicherweise etwas dick aufgetragen, aber es stimmt doch auch, oder etwa nicht? Landwirtschaft und ein paar Touristen, da geht doch noch was. Söteby könnte so viel mehr sein.

Rieke seufzt und lässt sich auf einen Stuhl sinken. „Ich kann Lügner nicht ausstehen."

Ich setze mich ihr gegenüber und lege meine Hand auf ihre. „Es tut mir leid, Rieke. Ich wollte dich nicht verletzen."

„Hast du nicht." Sie sieht mir kampflustig in die Augen. „Dafür hättest du mir wichtiger sein müssen."

Autsch. Das sitzt. „Hör zu, ich finde euer Dorf wirklich toll, und ich möchte, dass es eine gute Zukunft hat." Ich bin mir nicht sicher, für *wessen* Zukunft ich mich hier ins Zeug lege. „Gib mir einfach bis Weihnachten, um dir meine Sicht der Dinge zu zeigen – und in der Zeit zeigst du mir dein Söteby."

„Damit du einsiehst, dass ich recht habe?"

Ich nicke. Klar, auch das. Hauptsache, du verbringst Zeit mit mir. „Genau."

Sie sieht mich unschlüssig an, und ich kann ihren Konflikt in ihrem Gesicht erkennen. Schließlich seufzt sie erneut.

„Lass uns sehen, wie sich die Dinge

entwickeln. Keine Geheimnisse mehr.“

„Ich verspreche es, Rieke. Keine Geheimnisse mehr. Und ich werde alles tun, um dein Vertrauen zurückzugewinnen.“

Sie schnaubt verächtlich und macht sich wieder daran, die Küche aufzuräumen. „Ich glaube, es sind neue Gäste da.“

Die Norddeutschen brauchen tatsächlich wenig Worte. Ich verstehe zum Beispiel sofort, dass sie mich so weit wie möglich von sich weghaben will. Ich habe drei Wochen, um sie zu überzeugen, dass ich nicht so ein *Babbsack* bin, wie sie glaubt. Ach ja, und um sie vom Bauvorhaben zu überzeugen. Hätte ich doch jetzt fast vergessen.

Kapitel 13

Rieke

Die Sonne steht tatsächlich noch recht hoch am Himmel, als David und ich aus dem Strandkieker kommen. Nach dem Mittagsgeschäft war nichts mehr los, also habe ich für heute dichtgemacht. Scheint ein guter Tag dafür. Die kühle Brise der Ostsee umfängt uns und trägt den Duft des Meeres mit sich.

Ich bin immer noch wütend auf David, und

doch kann ich nicht leugnen, dass seine Nähe mich durcheinanderbringt. Sonst hätte ich mich nie auf diesen Quatsch eingelassen – ihm zu erlauben, mich zu überzeugen. Was ist denn das für ein Unsinn? Ich habe meine Meinung zu der Sache und die macht mich wütend. Und er gleich mit. Normalerweise kann ich hervorragend Abstand halten zu Leuten, die mich so auf die Palme bringen. Aber bei David hoffe ich jetzt irgendwie darauf, dass er tatsächlich beweisen kann, dass ich mich nicht geirrt habe. Wäre doch überaus beruhigend, wenn meine Menschenkenntnis mich nicht so völlig im Stich lassen würde. Ich fluche innerlich.

„Komm", sage ich schließlich und lenke unsere Schritte in Richtung des Strandes. David folgt mir schweigend.

Wir schlendern durch Söteby, den Salzgeruch in der Nase. Die alten reetgedeckten Häuser strahlen Gemütlichkeit aus, und die herbstlichen Farben wirken besänftigend auf mich. Wenn alles so nervig schön ist, kann ich einfach nicht lange sauer sein. Ich versuche, meine Wut zu zügeln und ein normales Gespräch zu führen.

„Siehst du, hübsch hier, oder? Und so ursprünglich." Sehr normal. Das war fast gar nicht zickig!

„Die Gegend hier ist wirklich wunderschön." David schaut sich um.

„Sag ich ja." Genau das ist mein Argument! Es ist schön, so wie es ist.

Als wir weitergehen, fängt es an, zu nieseln.

„Aber Regen ...?" David lächelt mich an.

„Ja, is auch bei Schietwetter schön hier. Wir brauchen keinen hässlichen Neubau."

„Rieke, ich verstehe deine Bedenken wirklich. Aber ich glaube immer noch, dass der Tourismus deinem Dorf helfen könnte."

„Klar, Besucher sind toll. Aber es müssen nicht zwangsläufig *Luxusimmobilien* sein." Ich atme tief durch, um meine Frustration zu kontrollieren. „Wir hätten gern neue Leute im Dorf, die dann auch bleiben. In Wohnungen, die sie sich leisten können. Du verstehst nicht, David. Wenn wir den hier mit Luxus anfangen ... das Dorf, wie wir es kennen, wird verschwinden.“

Okay, ich höre es ja selbst: Ich klinge, als würde ich ankündigen, dass Söteby mindestens im Meer versinken wird, wenn Davids Firma hier einen Gebäudekomplex mit mehreren Wohnungen hinstellt. Atlantis-zwei-Punkt-Null, jetzt aber doch an der Ostseeküste. Aber ein bisschen so fühlt es sich auch an. Oder bin ich nur hoffnungslos altmodisch? Sehen andere Sötebyer das ganz anders und sie sollten das entscheiden? Och, ich weiß es doch auch nicht! Genervt grummele ich in meinen Schal.

Wir erreichen schließlich den Strand. Den Abschnitt, der weit vom Hafen liegt und zu dem man sich durch die Hecken aus Kartoffelrosen winden muss. Die Ostsee liegt heute spiegelglatt vor uns, nur vereinzelt bilden sich Ringe um die kleinen Regentropfen. Und dort steht Fiete, in grüner Wathose, knietief im Wasser. Sein wettergegerbtes Gesicht strahlt Gelassenheit aus, als er seine Angel auswirft. Horatio sitzt im Sand und trägt, wie es aussieht, eine von Fietes alten Westen. Er lässt sein Herrchen nicht aus den Augen. Im Sommer springt Horatio gern in die Ostsee, aber jetzt ist es selbst ihm zu kühl.

„Hey Fiete!“, rufe ich.

Er dreht sich zu uns um, winkt und lächelt.

„Bei dem Wetter angeln?“ David sieht zum Himmel. „Es nieselt.“

„Jo“, sagt Fiete zufrieden.

„Ach“, David wirkt interessiert. „Dann stimmt es, dass Fische bei Regen beißen?“

Fiete sieht grinsend über seine Schulter. „Nee, das is Quatsch. Du kannst sie ruhig streicheln.“

Fiete lacht zufrieden über sich und David schüttelt irritiert den Kopf.

„Was gibt es Neues, Rieke?“ Fiete beobachtet aufmerksam seine Angelrute, David beobachtet Fiete. Vielleicht ein bisschen fassungslos.

„Das weißt du genau“, sage ich. „Sophie und Malte?“

Fiete lacht. „Und ich sach noch: Das geht nicht um die Mühle, sach ich!“

Ich seufze. „Ja, ihr hattet recht. Es hätte doch sein können!“ Aber wenn Malte sich wünscht, dass Sophie bleibt, ist der Muschelwunsch natürlich viel romantischer. Das ist irgendwie sogar noch schöner, als hätte er sich etwas für die Mühle gewünscht. „Und nu?"

David neben mir schmunzelt und sieht dann wieder aufs Meer hinaus, als hätte er noch nie etwas Faszinierenderes gesehen. Er legt den Kopf in den Nacken und folgt dem Flug einer Möwe, die stumm durch die Luft gleitet.

Fiete steht wieder mit dem Rücken zu uns, aber er grinst. Seh ich doch. An seinen Ohren sehe ich das.

„Nu müsst ihr rausfinden, worum es geht", erklärt er Richtung Ostsee. „Is eure Muschel, euer Auftrag."

Sehr hilfreich, Fiete. „Dann frag ich eben die lütte Sievert, warum sie wegziehen will. Oder ob sie es nicht will."

„Sievert?" David neben mir scheint aus seiner Trance aufzuwachen. „Du weißt, wer sie ist?"

Er hat diese Dorfsache wirklich nicht verstanden. „'türlich. Wir kennen uns hier."

„Ach?" David lächelt wieder dieses charmante

Lächeln. Lügnerlächeln! „Und trotzdem warst du überzeugt, dass der Junge die Mühle meinte?"

Ich habe Lust, kindischen Antworten zu geben. Allein für das Lächeln. Aber ich bleibe vernünftig. „Ich kenne sie nur als ‚die lütte Sievert'. Dorf hin oder her, *so* gut kennen wir die Kinder der Nachbarn nu auch nicht."

„Na ja", sagt Fiete zur Ostsee, weil er eben doch jedes Kind im Dorf kennt. Verräter.

„Aber dass Malte der Sohn von unserm Bäcker ist, weiß ich schon!"

Fiete kichert.

„Sievert … das sagt mir was." David nickt nachdenklich. „Ach, Herr Jöns hat gesagt, ich sollte bei den Sieverts mal nach Land zum Verkauf fragen. Wir könnten ja …"

„Wag es nicht." Sofort regt sich wieder heiße Wut in meinem Bauch.

„Was denn? Es ist ein guter Aufhänger, oder etwa nicht? Was willst du denn sonst machen? Mit einem Muffin in der Hand hingehen und einfach mal fragen, was da los ist?"

„Ja. Das." Ich verschränke die Arme. „Nichts spricht gegen n'büschen Ehrlichkeit."

Wieder lächelt David. „Aber ich habe ganz ehrliches Interesse an dem Land."

Ab wann ist man eigentlich zu alt dafür, Leute in die Ostsee zu schubsen?

„Na gut, dann so. Aber wir nehmen trotzdem Muffins mit."

„Ja, Chefin."

Ich schnaube wütend, Fiete kichert zufrieden und Horatio schnüffelt desinteressiert an einem Stein. David und ich machen uns auf den Weg zurück durch die dornigen Kartoffelrosen. Worauf habe ich mich da bloß eingelassen?

Kapitel 14

David

Die kalte Luft tut gut. Ich weiß gar nicht, wann ich das letzte Mal einfach nur so bewusst vor mich hingeatmet habe. Ich schließe die Augen und sauge die klare Luft tief ein. Sie riecht Herbst, nach feuchtem Laub und nasser Erde und nach dem nahen Meer. Mit jedem Atemzug scheint auch mein Kopf klarer zu werden, der Lärm der letzten Monate wird leiser.

Leider ist auch Rieke leise, denn sie schweigt fast den ganzen Weg zum Hof von Lars Sievert. Lars, so hat Rieke kurz angebunden erzählt, ist in unserem Alter und recht neu in Söteby – was übersetzt heißt: Er ist seit sieben Jahren hier. Neu. Klar. Quasi erst seit gestern hier.

Grinsend versuche ich, mit Rieke Schritt zu halten. Ungerührt von der Kälte marschiert sie zielstrebig voran, seit wir die Muffins aus dem Laden geholt haben. Die ich nicht tragen darf. Begründet hat sie es nicht, aber vermutlich macht ihre Wut auf mich alles, was ich vorschlage, inakzeptabel.

Ich verstehe, dass sie wütend ist. Aber nicht, warum sie *so* wütend ist. Es ist ja nicht so, als hätten wir eine Beziehung gehabt. Wenn überhaupt, standen wir am Anfang von etwas und wenn ich es mir recht überlege, wollte ich ja nicht einmal das. Einen Anfang, meine ich. Den Kuss wollte ich schon.

Aber nach ihrer Reaktion heute Morgen ist mir klar: Sie ist nicht nur meinetwegen so sauer. Irgendein Vollpfosten hat sie verletzt, mehr, als ich es getan habe. Ich bin wütend auf mich, wütend auf ihn. Zwei verlogene Mistkerle, das hat sie nicht verdient. Ich spüre, wie ich unwillkürlich die Hände zu Fäusten balle.

Atmen, David. Ich versuche, mich ein wenig abzuregen, indem ich meine Hände in die Taschen meiner Jacke stecke und einen Schritt schneller gehe. Dort, zwischen den Bäumen, sehe ich die roten Backsteingebäude des Hofes.

Der Hof von Lars ist nicht weit von Fietes Angelstelle entfernt, weshalb ich innerlich schon die Umgebung scanne. Ja, würde sich hervorragend für unser Bauprojekt eignen. Ich schüttele den Kopf. Warum muss ich ausgerechnet auf eine Frau treffen, die so gegen meinen Job ist? Ich hatte noch nie das Gefühl, etwas Schlechtes zu tun, aber Rieke tut so, als wäre ich ein Verbrecher.

Als wir den Hof erreichen, öffnet uns besagter Lars die Tür. Sein Gesicht, das ich mir jünger vorgestellt hatte, zeigt Spuren von Stress und Sorge. Selbst sein brauner Strickpulli wirkt gestresst. Oder er stresst mich, weil er aussieht, als wäre er aus kratziger Wolle.

„Rieke?“ Lars blinzelt sie verwirrt an. „Ich …

hi. Ich habe gar nicht mit Besuch gerechnet.“ Nervös streicht er sich über die Jeans und wirft einen kritischen Blick über die Schulter ins Haus. Er wirkt nicht, als habe er vor, uns reinzulassen.

„Ich habe Muffins!“ Rieke streckt ihm das Gebäck entgegen und tritt gleichzeitig in den Flur, also macht Lars ihr Platz.

Guter Trick, das muss ich mir merken. Muffins als der ultimative Türöffner.

Rieke verschwindet im Schummerlicht des Flurs. „Wo ist die Küche?“

„Möchtet ihr vielleicht reinkommen, ja?“ Lars seufzt und sieht ihr kopfschüttelnd nach. „Die Küche ist da vorn rechts.“ Er schlurft ihr hinterher. „Fühl dich ganz wie zu Hause, Rieke.“

Rieke lächelt seine Ironie einfach weg. „Wo hast du die Teller?“

Lars Sievert sieht müde aus. Aber es ist mehr als nur körperliche Erschöpfung. Ich glaube, ich war in meinem ganzen Leben nicht so müde, wie er aussieht.

Er beobachtet Rieke dabei, wie sie den Tisch

deckt. „Darf ich euch etwas anbieten? Tee? Grog? Ist ja frisch heute."

„Grog?"

Wie schon beim Treffen mit der Clique übersetzt Rieke. „Grog ist Rum mit Wasser."

„Mehr nicht?"

Lars nickt träge. „Rum muss, Zucker darf, Wasser kann."

„… alles verderben", ergänzt Rieke. „Aber nee, lass mal. Tee reicht."

„Hab auch gar keinen Rum", murmelt Lars. „Sorry, war so ein Reflex. Ich habe noch Tee. Kräutertee." Er holt eine verbeulte Packung Kamillentee aus einem Küchenschrank und schnuppert daran. „Ist noch von Sophies letzter Erkältung. Kann der schlecht werden?"

Rieke lächelt. „Nee, bestimmt nicht."

Wir setzen uns an den Küchentisch, und Lars serviert Tee in nicht zueinander passenden Bechern und stellt ein Glas Honig auf den alten Holztisch. Rieke, immer direkt und neugierig (sorry: interessiert, nicht neugierig!), stellt sofort die Art von Fragen, die ich niemals stellen würde.

„Wie läuft's so auf dem Hof, Lars?" Sie beißt in einen der Muffins.

Lars seufzt wieder und nimmt einen Schluck Tee, bevor er antwortet. „Nicht gut, Rieke. Der Hof läuft übel. So übel, dass meine Frau mich verlassen hat. Und seitdem ..."

Rieke lässt den Muffin sinken. „Wiebke ist weg?"

„Hamburg." Er schüttelt den Kopf. „War ihr zu anstrengend, zu ... ländlich. Der Hof, das war immer mein Traum, ich dachte, sie wollte das auch ... na ja. Ich bin jetzt allein hier, mit Sophie."

„Warum hast du denn nichts gesagt?" Rieke sieht ihn mitfühlend an.

„Hatte so viel zu tun, und ..." Er hebt resigniert die Hände. „Weißt schon."

Rieke nickt. Ich nicke. Niemand redet gern darüber, verlassen worden zu sein.

„Wie kommst du allein zurecht?"

Lars zuckt mit den Schultern und spielt nervös mit seinem Teebecher. „Bester Papa" steht in abgeplatzten Buchstaben darauf.

„Es ist schwer. Und dann habe ich mich finanziell verhoben." Er sieht mich an, als würde er mich das erste Mal richtig wahrnehmen. „Verkalkuliert. Böse verrechnet habe ich mich. Ich wollte eigentlich einen Biogetreidehof betreiben, alte Getreidesorten wie Dinkel anbauen und die Ernte an lokale Bäckereien verkaufen. Aber die Kosten waren höher als erwartet, und ich habe Schulden angehäuft. Und um ehrlich zu sein: Marketing und Netzwerken ist auch nichts für mich. Habe irgendwie keine Vertriebswege … na ja. Blöd gelaufen."

Rieke hört aufmerksam zu und fragt weiter. „Was wirst du jetzt tun?"

Lars seufzt erneut und sieht aus dem Fenster auf das weitläufige Land, das er aufgeben muss. „Ich habe beschlossen, den Hof zu verkaufen. Es bricht mir das Herz, aber ich sehe keine andere Möglichkeit. Ich werde wahrscheinlich weniger bekommen, als er wert ist, aber ich muss irgendwie für Sophie sorgen. Wir werden in die

Stadt ziehen, nach Hannover zurück."

„Hannover." Rieke atmet lange aus. „Was sagt Sophie dazu?"

„Sauer ist sie. Traurig. Sie ist sechzehn. Sie hat ihre Freunde hier. Sie ist immer unterwegs, sie hat die Feuerwehr, das Meer und … für sie ändert sich von heut auf morgen alles. Einfach so."

Ich kann die Verzweiflung in Lars' Stimme hören.

„In Hannover kann ich einen Job finden, ihre Großeltern sind da, sie kann auf eine gute Schule … wenn ich ein vernünftiges Angebot bekäme …" Er sieht aus dem Fenster und Rieke wirft mir hinter seinem Rücken einen warnenden Blick zu. „Den Hof will doch keiner."

„Aber willst du denn hier weg?", fragt Rieke leise.

„Nein. Aber der Hof und die Anbauten sind alt und hinüber, so kann ich Sophie nicht wohnen lassen. Und was soll denn Weihnachten werden? Weihnachten allein, das muss doch furchtbar für sie sein."

Rieke legt nachdenklich den Kopf schräg.

Lars deutet auf den Hof, vage in Richtung der Felder. „So kann ich auch nicht arbeiten. Ich brauche neue Geräte, mehr Geld … das Grundstück ist bestimmt mehr wert als das Haus, das darauf steht. Es müsste dringend renoviert werden, alles ist kaputt. Und um es zu renovieren, bräuchte ich das Geld aus dem Verkauf. Nur hätte ich dann den Hof nicht mehr." Er lacht verzweifelt. „Teufelskreis, hm?"

Hier sitzt ein Mann, der seinen Lebenstraum zerplatzen sieht. Ich spüre einen tiefen Respekt für seine Entscheidung, seine Tochter an erste Stelle zu setzen, selbst wenn das bedeutet, den Hof aufzugeben.

Rieke reicht Lars einen Muffin und sagt: „Das ist mutig, Lars."

Lars lächelt leicht und nimmt den Muffin an. Er zupft an dem Papierröckchen, isst ihn aber nicht. „Danke, Rieke. Ich hoffe nur, dass Sophie sich gut einleben wird und ich Arbeit finde. Und wie ich diese Bruchbude loswerde … ich weiß es nicht."

„Ich könnte vielleicht helfen", setze ich an, doch Rieke legt entschieden ihre Hand auf meine und wirft mir einen giftigen Blick zu.

„Was David sagen will, ist, dass *wir* vielleicht helfen können."

Lars lächelt traurig. „Das ist lieb, Rieke. Aber wie soll das gehen?"

„Was müsste denn passieren, damit du bleiben kannst?"

Lars sieht an die Decke und beginnt an den Fingern abzuzählen, was alles repariert, getauscht und beantragt werden müsste. „Und dann ist da noch das tote Frettchen auf dem Dachboden", er schließt seine Aufzählung mit einem traurigen Kichern ab.

„Mhm." Rieke nickt. „Und wenn wir das alles hinbekommen, bleibt ihr?"

Lars verdreht die Augen und streicht sich mit beiden Händen durch die weizenblonden Haare. „Aber sicher doch. Wenn das alles erledigt ist, können wir bleiben."

„Wir können bleiben?"

Keiner von uns hat gehört, wie Sophie in die Küche gekommen ist. Jetzt steht sie strahlend vor uns, offenbar genauso taub für die Ironie ihres Vaters wie Rieke. Sophies blonde Locken wippen, weil sie nervös auf den Zehenspitzen trippelt. „Wirklich? Können wir bleiben, Papa?“ Ihre blauen Augen leuchten wie kleine Sterne.

Lars lässt den Kopf in die Hände sinken und flucht leise.

Rieke legt die Hand auf seinen Arm und lächelt Sophie an. „Wir werden alles dafür tun, damit ihr bleiben könnt.“

Sophie quiekt aufgeregt und rennt in den Flur. „Das muss ich gleich allen schreiben!“

Lars sieht uns traurig an. „Jetzt macht doch dem Kind keine Hoffnungen!“

Rieke lächelt verschmitzt. „Du wirst schon sehen. Und wenn es nicht klappt …“

„Sorge ich dafür“, springe ich ein, „dass du den bestmöglichen Preis für das Land bekommst.“

Riekes Augen werden schmal, aber Lars sieht aus, als wäre das das Beste, was er seit Wochen gehört hat. „Hand drauf?"

Ich schlage ein. „Hand drauf."

Kapitel 15

Rieke

Bestmöglicher Preis, mömömö, blabla. Ein richtiger Verkäufer ist er, ein Schnacker nämlich, wie konnte ich glauben, dass seine dunklen Augen sanft und lieb sind? Berechnend ist er. Und verlogen! Ich starre auf seinen Rücken und wünsche ihm ein bisschen die Pest an den Hals. Na gut, nicht die Pest. Aber eine Möwe könnte ihm auf seinen teuren Mantel kacken, das wäre nur fair. Wo ist Radieschen, wenn man sie braucht?

„Rieke? Bist du noch dran?“

„Hm? Oh, ’tschuldigung Sarah, ja, bin noch da.“

„Also, was war das jetzt? Es geht um was genau?“

Gerade habe ich versucht, Sarah am Telefon zu erklären, dass es gar nicht um die Mühle geht, sondern um einen Landwirt in Not und die beiden Teenager, erste große Liebe, Herzen in Seenot und das alles, aber dann sind meine Gedanken spazieren gegangen und wieder bei Davids dunklen Augen gelandet.

„Sorry, Sarah. Ich war gerade … egal. Auf jeden Fall müssen wir der Familie Sievert helfen.“

„Sievert?“ Sarah klingt ein wenig wacher. „Lars Sievert?“

„Genau.“ Ich erzähle ihr alles und gleichzeitig rattert es in meinem Kopf, was wir alles machen müssen.

Wir brauchen Leute, die anpacken, wir

müssen Material heranschaffen. Lars hat etwas über schlechtes Marketing und Netzwerken gesagt, ja, kein Wunder, wenn er sich auf seinem Hof verkriecht und nie zu Veranstaltungen kommt. Er hätte doch jederzeit fragen können, ob und wie wir helfen können. Auf dem Muschelfestival im August hätte er super Kontakte knüpfen können. Und wenn seine Sophie bei der Freiwilligen Feuerwehr ist, hätte er doch … ah, ich könnte Laura anrufen, die kennt sich mit so etwas aus.

Sarah ruft ins Telefon: „Rieke? Ich höre nur noch Wind!“

„Huch, ja, ich denke. Also, sagst du schon mal den anderen Bescheid?“

„Mach ich.“

David dreht sich zu mir um und hebt den Zeigefinger, als wären wir in der Schule. „Tombola“, sagt er.

„Tombola?“ Was soll das denn jetzt heißen? Und sollte er nicht der Gesprächigere von uns sein? Ein-Wort-Dialoge kenne ich sonst nur von hier oben.

„Super Idee!“, ruft Sarah in mein Ohr. „Eine Tombola! Wir fragen alle, was sie verlosen können und sammeln so Spenden. Ich telefoniere gleich mal herum. Und kümmere mich um Lose.“

„Lose. Ja, prima. Mach das.“

Ich beende das Gespräch und starre wieder nachdenklich auf Davids Rücken. Was wird das denn jetzt? „Hey, bist du nicht auf der Gegenseite?“

Er zuckt mit den Schultern, ohne sich umzudrehen. „Habe ich nie gesagt.“

„Aber du bist doch …“

„Der Böse hier?“ Er schüttelt sanft den Kopf.

„Genau“, murmele ich. Ich kann es nicht leiden, wenn man meine Vorurteile auf den Kopf stellt. Ich denke, ich werde ihn trotzdem weiter ein bisschen hassen. Auch wenn er wirklich fantastisch küssen kann und ziemlich gute Ideen hat.

Kapitel 16

David

Das Zimmer in Helenes kleinen Pension ist schlicht, aber gemütlich eingerichtet. Weiße Holzmöbel, maritim inspirierte Dekorationen und ein weiches Bett – was will ich mehr. Das Fenster steht leicht geöffnet, und die salzige Brise der Ostsee weht herein.

Überall ist das Meer präsent und nachdem

ich es heute tatsächlich einmal bei Licht sehen konnte, muss ich zugeben, dass es wirklich sehr hübsch ist. Nicht gerade türkisblau und einladend wie an den Stränden, an denen ich normalerweise Urlaub mache, aber doch ... schön. Auf eine raue, wilde Art schön. Genau wie die Frau mit den meergrünen Augen, die ich bitte sofort wieder vergesse. Sie kann mich nicht leiden. So gern ich das akzeptieren und abschließen würde, ich kann den Kuss nicht vergessen. Drei Wochen habe ich, sie davon zu überzeugen, dass ich kein kompletter Holzkopf bin. Oder um sie mir aus dem Kopf zu schlagen.

Vielleicht sollte ich mich mehr aufs Wesentliche konzentrieren. Ich sitze am kleinen Schreibtisch, meinen Laptop vor mir und wähle die Nummer von Dinah, die Anwältin unserer Immobilienfirma ist. Und zufällig die Frau, die auf keinen Fall mit mir zusammenziehen wollte. Nach ein paar Klingeltönen nimmt sie ab.

„David, wie läuft es im Norden?“, fragt Dinah mit ihrer gewohnt professionellen Stimme.

Abgesehen von der Rieke-Angelegenheit? „Gut. Sehr gut sogar. Ich habe zwei vielversprechende Grundstücke gefunden".

Ich beginne, die Details zu beschreiben. „Da ist zuerst das Land von Bauer Sievert. Es ist groß genug für unser Projekt und liegt direkt an der Küste. Die Aussicht von dort wäre atemberaubend. Außerdem könnten wir die ländliche Ästhetik erhalten, die viele Touristen anzieht. Aber es gibt auch ein kleines Moorgrundstück, das infrage kommt. Es müsste zwar trockengelegt werden, aber es hat den Vorteil, dass es relativ nah am Dorfzentrum gelegen ist."

Dinah hört aufmerksam zu und stellt gelegentlich klärende Fragen. Als ich mit den Beschreibungen fertig bin, sagt sie: „Das klingt vielversprechend, David. Ich prüfe dann mal die potenziellen Umweltauswirkungen des Projekts. Moor, sagst du?" Ich höre, wie sie sich Notizen macht.

Nach einer kurzen Pause, in der wir beide den geschäftlichen Teil besprechen, ändert sich der Ton unserer Unterhaltung.

„Dinah, ich wollte schon länger mit dir sprechen ..." Unruhig stehe ich auf und gehe im

Zimmer auf und ab.

„Ja?“ Ich höre noch immer ihre Tastatur klackern.

Ich suche nach den richtigen Worten und lasse meinen Blick aus dem Fenster schweifen, während ich spreche. „Warum ist das mit uns beiden nicht gut gegangen? Wir hatten so viel gemeinsam.“

Es folgt eine kurze Stille, bevor Dinah antwortet. „Es lag daran, dass du immer so widerwärtig vernünftig warst, David.“

„Widerwärtig? Und da dachte ich, das wäre eine meiner besseren Eigenschaften.“

Dinah lacht. „Ja, aber eben nicht *immer*. Du hattest gute und logische Gründe für alles, einschließlich unserer Beziehung. Du hast davon gesprochen, wie es logisch und klug wäre, wenn wir zusammenziehen würden, wie es für unsere Karrieren vorteilhaft wäre.“

Wäre es doch gewesen. Es gab nicht einen guten Grund dagegen, und trotzdem hat es nicht geklappt. „Es waren gute Argumente.“

Sie seufzt. „Liebe, David, Liebe hat keine guten Gründe. Liebe ist hoffnungslos unvernünftig. Das wollte ich. Keine Pro- und Kontraliste, warum wir zusammen sein sollten.“ Es dauert eine Weile, bis sie weiterspricht. „Ich habe immer gedacht, dass du im Grunde eine Dichterseele bist, weißt du? Aber statt romantisch zu sein, warst du mit mir immer so furchtbar … ach. Vernünftig eben. Mir fällt kein anderes Wort ein. Ich dachte immer, da ist mehr. Nur nicht für mich.“

„Dinah … verdammt.“ Ich lege meinen Kopf gegen die kühle Fensterscheibe. „Bis gerade dachte ich, du hättest mit mir Schluss gemacht, weil du mich nicht …“ Ich schüttele den Kopf. Sie hat recht. Warum ist mir das nie aufgefallen?

„Nein.“ Ihre Stimme ist sanft, als sie antwortet. „Mir ist nur klar geworden, dass ich für dich eine gute Entscheidung war. Nicht mehr. Ich hoffe, du fühlst irgendwann einmal etwas sehr Unvernünftiges. Du verdienst jemanden, der dein Herz verrückt macht. Eine Frau, für die du *unlogische* Entscheidungen treffen willst.“

Sie macht eine kurze Pause. „Ich muss jetzt

auflegen, David, ich habe noch ein Date.“

Erstaunlich, aber diese Äußerung löst nichts in mir aus. Keine Eifersucht, keine Trauer. Im Gegenteil. „Ich wünsche dir einen verrückten Abend!“

Sie lacht und legt auf. Ihre Worte hallen in meinem Kopf nach, während ich auf das dunkle Meer hinausblicke. In der Ferne spiegeln sich verschwommen Lichter auf dem Wasser und ich höre, wie der Wind der letzten Tage wieder Fahrt aufnimmt.

Nun, zumindest das Wetter ist alles andere als vernünftig.

Kapitel 17

Rieke

„Neles Mutter spendet einen Strandkorb." Ben hält mir zur Begrüßung das Display seines Handys entgegen, noch bevor er die Mühle richtig betreten hat. „Aus ihrem Strandkorbverleih. Für'n Garten oder so. Müssten wir halt n'büschen flicken und sauber machen."

Ich nicke. Strandkörbe sind super und

machen sich in jedem Garten ausgezeichnet. Fragt sich halt, wie ein Tourist den nach Hause bekommt, sollte jemand, der nicht von hier kommt, diesen Gewinn bei der Tombola ziehen. Wir haben für die Tombola bisher einen Segeltörn auf Mattis Boot, einen Einkaufsgutschein in Antjes Schlemmerlädchen und einen Bonbon-Präsentkorb von Helene.

„Meine Freundin Laura kommt übrigens auch“, verkündet sie gerade und pustet Staub von einem Holzgegenstand, den sie fragend in der Hand dreht.

„Ach?“ Klaas hört auf, Staub zu einem großen Haufen in der Mitte der Mühle zusammenzufegen. „Interessant.“

„Mhm“, macht Helene. „Sie kümmert sich um das ganze Online-Marketing für den Adventsmarkt und dann will sie natürlich sehen, wie es so läuft.“

„Cool“, sagt Klaas und versucht erfolglos, dabei gelassen zu wirken. Aber in seinen Augen blitzt etwas auf.

Mattis, der gerade Kartons mit fragwürdigem

Inhalt nach draußen schleppt, wirft seinem Freund und Geschäftspartner einen fragenden Blick zu und sieht dann vielsagend zu mir.

Ja, sehr interessant. Klaas flirtet gern und viel und ich dachte, er hätte die Helenes toughe Freundin längst vergessen. Mattis und ich grinsen uns kurz an und nicken wissend.

Seit heute Morgen werkeln und schrubben wir an der alten Mühle herum, denn die Idee mit dem Sophienmarkt haben wir nicht aufgegeben. Auch wenn es eben gar nicht mehr um die Mühle geht.

David fand, dass es die „beste Location in ganz Söteby“ sei und man den Platz um die Mühle unbedingt nutzen müsste, um den Markt zu etwas Besonderem zu machen. Er hat es beim Frühstück in Helenes Pension erklärt und seine Idee vom Markt aufgezeichnet – mit Lichterketten und allem. Und weil Helene die Idee (und die Zeichnung) super fand, hat sie es fotografiert und an alle geschickt. Natürlich fanden alle anderen die Idee auch großartig.

Maulig schrubbe ich weiter. Weil die Idee großartig *ist*. Dammich! Der Plan ist es, alles an altem Gerümpel aus der Mühle zu bringen, damit wir hier einen Unterstand schaffen und durch die Tür Glühwein und Waffeln verkaufen können. Strom legt Jan, der neben seinem Craftbierhobby hauptberuflich Elektriker ist. David ist kurz in Panik ausgebrochen, dass mein bärtiger Cousin die Mühle abfackeln könnte, weil er irgendwelche Kabel falsch zusammentüdelt. Er hat dann aber schnell eingesehen, dass Jan tatsächlich vom Fach ist.

David ist ganz vernarrt in die Mühle und findet dauernd etwas, dass besonders beeindruckend ist. Er passt auf, dass wir bloß nichts beschädigen. Offenbar meinte David das mit der Liebe auf den ersten Blick doch ernst. Nur meinte er eben die Mühle und nicht mich und nein, ich werde nicht auf ein zweihundert Jahre altes Gebäude eifersüchtig sein!

Ben marschiert mit einem Stapel Decken an mir vorbei. „Wo sollen die hin?"

Ich halte inne. „Was hast du denn mit den Wolldecken vor?"

Ben lächelt schüchtern. „Ich habe gedacht, wenn hier Leute drinnen sitzen und Sachen verkaufen, dann wird denen bestimmt kalt und da habe ich …“ Er hält mir den Stapel zur Erklärung entgegen.

„Bring sie erst einmal hoch“, sage ich. Dann sind sie hier nicht im Weg und niemand kommt auf die Idee, sich darin einzuwickeln und erst mal Pause zu machen. Mit niemand meine ich mich, denn die flauschigen Decken sind schon verlockend und ich bin schon wieder seit dem Morgengrauen auf den Beinen.

Sarah kommt mit einem Armvoll Lichterketten herein. „Ich habe übrigens ein paar Leute zusammengetrommelt.“ Sie legt die verknoteten Ketten achtlos auf einen alten Tisch neben der Tür. „Wir könnten morgen alle zusammen zum Hof der Sieverts und uns schon mal um die nötigsten Reparaturen kümmern. Jan schaut nach der Elektrik, die Leute vom Bauunternehmen Clausen kommen vorbei, um sich die Mauern anzusehen. Ich werde mir mal die Bücher vom letzten Jahr ansehen und gucken, was er da so finanziell verbockt hat. Ach, und ich habe eine Putztruppe zusammengestellt. Deine Mutter kommt auch mit ihren *Deerns*.“

Mattis lächelt gequält. „Der arme Lars.

Die werden ihm das Haus unterm Hintern wegputzen."

Garantiert. Mamas „*Deerns*" – das ist eine kleine Truppe schlecht gelaunter Frauen, die sich vor Urzeiten mit den Landfrauen zerstritten haben und seitdem so was wie eine radikale Splittergruppe mit Putzwahn bilden.

„Meine Mutter kommt?" Ich bin erstaunt, denn normalerweise sind Mama und ich uns bei nichts einig und engagieren uns auch nicht gemeinsam. Das letzte Mal, dass das vorgekommen ist, war, als ich sechzehn war und schon einmal darüber nachgedacht wurde, ob man das kleine Moor nicht für den Bau eines großen Supermarktes trockenlegen sollte. Damals haben alle dagegen gestimmt. Vielleicht gehe ich deshalb so selbstverständlich davon aus, dass es auch heute so sein würde. Aber die Zeiten haben sich geändert.

„Jo", sagt Sarah zufrieden. „Das ganze Dorf packt mit an. Der alte Jöns kommt sogar, um sich die Maschinen von Lars mal anzusehen."

David sieht von seiner Arbeit an irgendeinem Dreh-Dingens auf und sieht mich überrascht an.

„Das ganze Dorf?“

Ich kann mir ein triumphierendes Grinsen nicht verkneifen. „Sach ich doch.“

„Ach“, Sarah seufzt. „Das ist so viel romantischer, als einen Markt für die olle Mühle zu veranstalten.“

„So oll ist die nicht“, sagt David.

Sarah winkt ab. „Pff. Aber zwei junge Liebende …“

„Die sich vermutlich ohnehin bald trennen“, murmelt David leise.

Alle halten in ihrer Arbeit inne und drehen sich zu David um.

„Was denn?“ Er hebt entschuldigend die Hände. „Teenagerbeziehungen halten doch nicht.“

Sarah verdreht die Augen. „Wie unromantisch kann man sein?“

Jan, der gerade zwei Kabel in den Händen hält, schüttelt den Kopf. „Du bist einer von der vernünftigen Sorte, was?“

David wirft mir einen flüchtigen Blick zu und widmet sich dann wieder dem Dreh-Dings. „Stimmt doch", höre ich ihn flüstern.

Sarah sieht fragend zu mir, ich ignoriere sie. Ich habe keine Meinung dazu, dass David furchtbar unromantisch ist. Muss sie mich gar nicht fragen.

„Vielleicht", sagt Sarah nachdenklich, sollten zwei von uns mal die Weihnachtsmärkte in der Umgebung ausspionieren, damit wir noch ein paar schöne Ideen bekommen."

„Gute Idee", sage ich, ohne nachzudenken.

„Hmmm", Sarah tippt sich mit dem Finger ans Kinn. „Wer könnte das wohl machen?"

Ich hoffe, dass alles an mir laut „denk nicht mal dran!" schreit, von der Haltung bis zu dem bösen Blick, den ich ihr zuwerfe. Aber sie lächelt nur unschuldig.

„Oh", sagt Helene. „Ich weiß. Rieke könnte doch David die Weihnachtsmärkte in der Umgebung zeigen!"

Helene und Sarah grinsen so breit, dass allen

klar sein muss, dass diese Idee alles andere als spontan ist. Sie haben das geplant! Ich muss ihnen unbedingt sagen, dass ich meine Meinung zu David grundlegend geändert habe und bitte nicht verkuppelt werden möchte. Vielen Dank.

„Das wäre nett“, sagt David.

„Ja, oder?“ Sarah zeigt echte Begeisterung. „Ihr könntet nach Kiel. Oder ihr fahrt nach Kappeln, da gibt‘s–“

„Keinen Weihnachtsmarkt“, sagt Klaas.

Sarah schnauft leise. „Nee, aber Bratwurst und Punsch und außerdem ist Kappeln eine süße Stadt.“

Klaas guckt verwirrt. „Ich denke, sie sollen spionieren?“

Gleich wirft Sarah was nach ihm, ganz bestimmt.

„Ja, genau“, sage ich breit grinsend. „Das können wir schlecht ohne Weihnachtsmarkt und der weihnachtliche Fischmarkt ist auch noch nicht.“

David sieht irritiert zu uns. „Fischmarkt?

Weihnachtlich?“

„Is sehr schön.“ Mattis nickt.

„Was ist mit Maasholm?“, fragt Jan. „Ist da nicht immer was? Am Hafen oder so?“

Sarah scrollt auf ihrem Handy. „Nee, Maasholm ist erst nächste Woche.“

„Ach ja“, sie tut so, als würde ihr gerade erst etwas einfallen, „Ihr könntet doch zum Ykaernemarkt in Eckernförde, das ist nur bummelig zwanzig Kilometer entfernt.“

Helene nickt. „Das ist direkt um die Ecke.“

Solche Freundinnen habe ich doch wirklich nicht verdient. „Wir haben gar keine Zeit!“, protestiere ich. „Wir müssen hier fertig werden!“

Mattis winkt ab. „Och, das schaffen wir schon ohne euch.“

Auch du, Mattis? Unfassbar! Das ist nicht in Ordnung, dass sie sich so in meine Angelegenheiten mischen. Ich würde doch auch nie … doch. Würde ich. Aber das ist ja etwas ganz anderes! David und ich, da wird nie etwas laufen. Nie wieder. Und um das sicherzustellen, weiche ich David aus, wo es nur geht. Er ist zwar immer überall dabei, aber ich habe so etwas wie einen Sicherheitsabstand etabliert. Für mich. Damit ich nicht plötzlich in seine Arme stolpere und ihn noch einmal küsse.

Also werde ich mich ganz sicher nicht mit ihm in ein Auto setzen. Mir ist in seiner Nähe nicht zu trauen. Hoffentlich ist bald Weihnachten und er verschwindet nach sonstwo. Auf die Malediven, surfen. Hat er nicht so etwas gestern Jan erzählt? Ja, soll er doch hin, wo der Pfeffer wächst. Warte, das war Madagaskar. Kann man da auch surfen?

„Erde an Rieke?" Jan winkt vor meiner Nase herum.

„Hm?"

„Ich habe gesagt, ihr könnt doch gleich los." Jan zuckt mit den Schultern. „Du musst mal raus und David pütschert ja sowieso nur anne Mahlsteine rum."

„Ich tu bitte was?" David sieht Jan irritiert an.

„Rumpütschern", sagt Sarah, nur lauter. An ihr ist wirklich eine Lehrerin verloren gegangen.

David nickt verständnislos. „Ach so“, sagt er leise. „Und ich hatte pütschern verstanden.“

Jetzt bloß nicht über ihn lachen, das schmeichelt nur seinem Ego.

„Ihr solltet gleich los“, sagt Sarah und tippt mit dem Fingernagel auf ihre Uhr. Schon dafür gehört sie geschüttelt. „Und bringt mir Mandeln mit.“

Alle grinsen uns breit und erwartungsvoll an. Döspaddel.

Kapitel 18

David

Der Ausflug nach Eckernförde verspricht ein kleines Abenteuer zu werden. Nicht nur, weil ich noch nie dort war (oder an einem anderen Ort hier oben), sondern auch, weil ich mit Rieke allein bin. Das Problem ist nur, dass Rieke mich anschweigt. Und sie schweigt sehr laut. Durch die Aufräumaktion in der Mühle hatte ich irgendwie … na ja, nicht vergessen, dass sie nur noch das Nötigste mit mir spricht, aber es ist eben nicht so aufgefallen.

Ständig hat jemand geredet, ihre Freunde haben mir Fragen gestellt und Aufgaben aufs Auge gedrückt – trotzdem habe ich mich irgendwann auf dem zweiten Boden der Mühle wiedergefunden. Unglaublich, wie präzise diese alte Technik funktioniert, die nur aus Steinen, Holz und ein paar Metallteilen besteht. Ich war so begeistert von der Präzision des Mahlwerks, dass ich den halben Morgen an den alten Rädern herumgetüftelt habe, statt wirklich zu helfen. Und vielleicht habe ich deshalb gar nicht mitbekommen, wie konsequent Rieke schweigt.

„Warum reden deine Freunde noch mit mir?“ Das fällt mir jetzt gerade erst auf.

„Hm?“ Rieke starrt so angestrengt geradeaus, als müsste sie ihr kleines Auto durch dichten Verkehr manövrieren, dabei ist das einzige Fahrzeug vor uns ein alter, matschgrüner Mercedes.

„Deine Freunde. Sind sie nicht deiner Meinung, dass hier keine Ferienwohnungen entstehen sollten?“

„Oh. Das."

Ich zähle Bäume am Straßenrand, bis sie antwortet. Ich komme auf zwölf.

„Mrmfpnis", nuschelt sie dann.

„Bitte?"

„Menschenkenntnis", sagt sie deutlicher. „Man könnte mir ein Fehlen selbiger vorwerfen. Das will ich nicht. Ich will nicht, dass sie denken, dass ich echt jedes Mal, wenn ich einen Mann … na ja. Nee. Is ja auch egal. Ich habe es ihnen nicht erzählt."

„Also? Verschweige ich das jetzt allen?"

Sie zuckt mit den Schultern. „Mach, wie du meinst."

Wir passieren das gelbe Stadtschild, das Eckernförde ankündigt, fahren an nichtssagenden Wohngebieten vorbei. Nicht gerade hübsch hier. Rieke lenkt den Wagen durch enger werdende Straßen.

Während wir uns dem Stadtzentrum nähern, ändert sich die Architektur der Häuser. Häuser mit weihnachtlichen Fensterdekorationen tauchen auf, und die Straßen werden enger. Vom fehlenden Charme des Stadtrands mit langweiligen Backsteinbauten wechselt die Szenerie zu kleineren norddeutschen Häuschen, die die engen Straßen und Gassen säumen. Doch ganz hübsch. Sehr entzückend sogar.

Schließlich parkt Rieke den Wagen und spaziert voraus, die Hände in den Taschen ihres roten Mantels vergraben. Schweigend laufen wir am Hafen entlang, gehen über eine Klappbrücke aus Holz.

„Wow", sage ich. „Es ist wirklich schön hier, das habe ich gar nicht erwartet."

„Mhm."

Verdammt. Noch schöner wäre, wenn sie mit mir reden würde. „Vielleicht kannst du ja eine kleine Führung geben? Damit ich auch zu würdigen weiß, was ich sehe?"

Rieke bleibt stehen und sagt fast vorwurfsvoll „Rundspeicher" zu einem eindrucksvollen Gebäude aus roten Ziegeln. „Ist alt, war mal ein Silo, hat einen Engel auf dem Dach." Sie zeigt nach oben. Ein goldener Engel leuchtet vor dem klaren Winterhimmel von dem runden Gebäude.

Ich nicke. Ich mag den Baustil. Schlicht, klare Linien. „Neue Sachlichkeit? Wann wurde der erbaut?“

„Woher soll ich das wissen?“ Rieke funkelt mich wütend an. „Ich bin von hier. Also kenne ich mich aus, weiß aber nichts.“

„Aber ...“

„Einheimische lesen keine Reiseführer“, grummelt sie und marschiert dann weiter, vorbei an Fischerboten und niedlichen Häuschen, während um uns herum langsam die Dämmerung einbricht.

Nach einem kurzen Marsch durch die schmale Einkaufsstraße mit ihren zweistöckigen Häusern gelangen wir an den Platz, an dem der Weihnachtsmarkt stattfindet. Zwischen kleiner Kirche und weißem Fachwerkgebäude stehen lauter Hütten, die in einem bunten Lichtermeer erstrahlen. Die Bäume vor dem Marktplatz sind mit funkelnden Lichterketten geschmückt – alles sehr weihnachtlich. Die Stände des Marktes reihen sich aneinander, und Menschen schlendern mit Tüten voller Geschenke umher, festliche Stimmung erfüllt die Luft. Kann aber auch der Duft von gebrannten Mandeln und Glühwein sein.

Die Stände sind liebevoll geschmückt und die leuchtenden Lichter erzeugen eine gemütliche Atmosphäre. Rieke und ich schlendern über den Markt und ich kann sehen, wie sie innerlich Notizen macht.

„Ein toller kleiner Weihnachtsmarkt“, sage ich.

„Ykaerne-Markt“, sagt Rieke.

„Y… was?“ Ich bleibe stehen. „Das ist ein ausgedachtes Wort?“

„Ist es nicht. Das weiß ich zufällig.“

„Ohne Reiseführer zu lesen?“

„Ich höre manchmal Podcasts beim Kochen.“ Sie seufzt und leiert herunter: „Zwölfhundertnochwas hat wohl irgendein Däne hier eine Burg gebaut und die hieß wohl *Ykernæburgh*, was übersetzt Eichhörnchenburg heißt und deshalb hat Eckernförde das

Eichhörnchen im Wappen."

„Ach?"

„Wer weiß. Vielleicht ist es auch einfach ein ausgedachtes Wort." Sie grinst schelmisch und mein Herz schlägt schneller. Sie lächelt. Vielleicht besteht doch noch Hoffnung.

Rieke schlendert weiter. „Meine Mutter sagt, dass es früher so viel Wald um Eckernförde gegeben haben soll, dass ein Eichhörnchen von hier bis Kiel hopsen konnte, ohne einmal den Boden zu berühren. Also ist an der Eichhörnchengeschichte vielleicht etwas dran."

Ich weiß nicht, was ich dazu sagen soll, also nicke ich so beeindruckt wie möglich. „Eichhörnchen. Dänen. Verstehe."

„Wenn du noch mehr zur Landesgeschichte wissen willst, frag Fiete. Der weiß alles. Immer."

„Ich ... werde darauf zurückkommen."

Sie lächelt ein halbes Lächeln und stapft weiter. Ein Stand bietet Kerzen in allen erdenklichen Formen und Farben an. „Hm. Das könnten wir auch auf unserem Markt anbieten."

Rieke zeigt auf die kunstvoll gefertigten Kerzen.

Es ist schön, zu sehen, wie sie sich für unser gemeinsames Projekt engagiert, trotz unserer angespannten Beziehung. Und es fühlt sich an wie unser Projekt. Als würden die anderen nur helfen bei unserer Idee. Ich nicke zustimmend. „Die Kerzen sehen gut aus. Kennst du denn jemanden, der Kerzen ziehen kann?"

„Spielverderber."

„Ich meine ja nur …"

„Ja, und du hast recht und das finde ich nervig, okay?" Sie sieht mich wieder wütend an. „Sorry. Ich bekomme das in den Griff. Gib mir ein paar Tage."

„Sicher." Ich gebe dir, solange du brauchst, wenn du mich am Ende wieder so ansiehst wie an dem Abend, an dem du mich geküsst hast.

Während wir weitergehen, entdecken wir einen Stand mit handgeschnitztem Spielzeug. Holzpferde, Puppen und kleine Eisenbahnen sind hier ausgestellt.

„Das erinnert mich an meine Kindheit",

bemerke ich und schaue mir die Figuren genauer an. „So etwas wäre doch toll für uns."

„Ha!" Rieke grinst. „Ich kenne wirklich jemanden, der Holzspielzeug schnitzt. Hat sich gerade den Fuß angeknackst und vermutlich sowieso nichts anderes zu tun."

„Torge? Er schnitzt Spielzeug?"

„Erstaunlich, oder?" Riekes Mundwinkel zucken. „Es gibt tatsächlich etwas, was ihm Spaß macht. Ich frage ihn mal, ob er seine Sachen auf dem Markt verkaufen will."

„Wenn du ihn fragst, wird er unmöglich nein sagen können."

Ein leichtes Erröten steigt ihr in die Wangen, und sie wirft mir einen nicht mehr ganz so bösen Blick zu. „Schnacker."

Wir schlendern weiter, dieses Mal noch näher beieinander, und manchmal kann ich kurz die Wärme ihrer Hand an meiner spüren. Aber ich werde nicht so leichtsinnig sein, nach ihrer Hand zu greifen. Immerhin, sie lächelt. Das ist ein Fortschritt, richtig?

„Mandeln?“, frage ich.

Das Leuchten in ihren Augen verrät, dass Zuckerzeug auf jeden Fall der direkteste Weg in ihr Herz ist, also bin ich mit wenigen Schritten am Verkaufshäuschen.

„Warte“, ruft sie. „Es gibt verschiedene Sorten …“

„Ich werde die richtigen aussuchen“, behaupte ich. „Vertrau mir.“

Riekes Nase kräuselt sich.

„Oh okay, das mit dem Vertrauen …“

„Liegt nicht an dir“, fällt sie mir ins Wort. „Also, nicht ausschließlich.“ Leiser sagt sie: „Ich habe mir im letzten Jahr ein nagelneues Vertrauensproblem zugelegt.“

Das dachte ich mir. Ein Vollpfosten hat diese Begeisterung, mit der sie auf Leute zugeht, für sich genutzt und sie verletzt.

„Das war dämlich von mir. Also, was hättest du gern? Mandeln klassisch? Mit Zucker, sonst nichts?“

Sie nickt und steht noch immer mit verschränkten Armen da, als ich mit einer Papiertüte voller heißer, duftender Mandeln zurückkomme. Auch ich ärgere mich immer noch. Schlimm genug, dass ich ihr nicht von Anfang an gesagt habe, warum ich nach Söteby gekommen bin. Ich habe auch noch dazu beigetragen, dass sich ihre Meinung über Männer nicht gerade bessert.

„Guck nicht so mitleidig." Rieke fuchtelt mit dem Zeigefinger vor meiner Nase herum. „Du hast sicher auch einen Hau wech und bist komisch. Menschen machen auf Dauer so etwas mit einem."

„Einen Hau weg?" Ich halte ihr die Mandeln entgegen.

„Eine Macke."

„Mir wurde kürzlich vorgeworfen, nicht *verrückt* genug zu sein."

„Und?" Rieke knabbert nachdenklich an der Mandel herum. „Ich dachte, das wäre gar nicht so schlecht."

„Ich meine verrückt wie in: spontan,

leichtsinnig, unüberlegt."

Ihre Augen leuchten auf. „Dagegen lässt sich was unternehmen. Ich habe auch schon eine Idee."

„Ist das so?"

Sie lächelt zufrieden. So zufrieden, dass ich ein bisschen Sorge habe, wie sie gedenkt, mich zu therapieren. „Im Gegenzug versuchst du, mir zu vertrauen?"

„Pah!" Lachend und kopfschüttelnd geht sie weiter. „Da wirst du dir aber richtig Mühe geben müssen."

„Also haben wir einen Waffenstillstand? Vertrauen gegen Verrücktheiten?"

Rieke marschiert immer noch schnell vor mir her. „Mal gucken!", ruft sie nach hinten. Ich sehe, wie ihre Schultern leicht beben. Sie lacht!

„Und was hast du nun Verrücktes geplant?"

„Oh, das wird eine Überraschung. Halt dich einfach bereit, wenn der Wind wieder auffrischt." Sie wirft mir einen Blick zu, der meine Knie weich werden lässt.

Okay, dann warte ich eben darauf, dass der Sturm zurückkommt.

Kapitel 19

Rieke

Es dauert drei Tage, bis ein kräftiger Nordwind mir schon auf dem Weg in den Strandkieker die Haare aus dem Gesicht weht. Das ist der Tag! Ich schicke eine kurze Nachricht an Jan und Ben, die schon sehnsüchtig auf diesen Wind gewartet haben.

Ich bin gespannt, wie David sich halten wird. Die letzten Tage waren merkwürdig entspannt zwischen uns – was mich furchtbar nervt. In seiner Nähe fühle ich mich wohl und das ist doch ärgerlich! Wir arbeiten sogar gut zusammen. Mehr als gut, wir sind wie ein jahrelang eingespieltes Team und ich hasse das! Kann er nicht einfach durchgehend furchtbar sein? Er ist nett zu meinen Gästen, macht Witze mit Fiete und sogar Horatio, dieses Verräterschweinchen, lässt sich inzwischen von ihm genüsslich die Ohren kraulen!

„Was sagst du dazu?“, frage ich Radieschen, die pünktlich ihren Dienst auf einem Autodach vor dem *Strandkieker* antritt.

Radieschen legt den Kopf schräg, was alles heißen kann, aber vermutlich „mir doch egal, gib mir Pommes“ bedeutet.

„Vergiss es, deinetwegen stecken wir doch überhaupt in dem Schlamassel.“ Ich mache „schusch“ und wedele mit der Hand, um Radieschen zu verscheuchen, aber sie hopst nur ans hintere Ende des Autos. Ich krame mein Handy aus der Tasche, fotografiere die sture Möwe und schicke das Foto an Nele mit dem Text „Hol deinen blöden Vogel ab!“

Das Schild an der Tür lasse ich auf „geschlossen“, werfe aber trotzdem den Ofen an und bereite die Snacks vor. Alles, was heiß ist oder schnell Energie bringt, wandert auf meine Arbeitsfläche. Eine Thermoskanne voller heißem, süßem Tee. Bananenmuffins, die ich gestern Abend noch gebacken habe, Sandwiches. Stapelweise. Eine zweite Thermoskanne mit heißer Gemüsesuppe, Obst, Schokolade. Ich bin gerade fertig mit der Vorbereitung, als das Türglöckchen David ankündigt.

„Rieke?“, ruft er schon von der Tür aus. „Warum haben wir geschlossen?“

Wir. Pff. Ist immer noch *mein* Laden. Bloß nicht auf seine Wirgefühl-Tricks hereinfallen. „Nordwind!“, rufe ich.

David taucht in der Küchentür auf und sieht mich mit einer Mischung aus Freude und leichter Panik an. So ist es gut.

„Dieses Grinsen verheißt nichts Gutes“, murmelt David.

„Och, ich würde doch nie …“ Nachdenklich betrachte ich meinen Proviantstapel. Etwas fehlt noch.

„Machen wir ein Picknick?“ David deutet auf die Arbeitsfläche.

„Vaseline!“, rufe ich und suche es im Schrank. „Und wir brauchen heißes Wasser, viel davon.“

„Das beruhigt mich nicht im Geringsten.“

„Weiß ich doch.“ Ich werfe ihm die Tube Vaseline zu. „Hier, pack das schon mal in den Rucksack da.“

Er fängt die Tube auf und beäugt sie kritisch. „Ich habe so viele Fragen.“

Während David alles in den Rucksack räumt, piept mein Handy. „Bring das Radieschen doch nach MUC“, schreibt Nele. „Gibt hier sowieso zu wenig Möwen und du versprichst seit Jahren, mich zu besuchen! Treulose Tomate.“

Kurz stelle ich mir vor, wie ich mit einer motzenden Möwe im Zug nach Bayern fahre und muss lachen. Ich tippe: „Mach ich irgendwann. Versprochen!“

Aber erst einmal geht es an den Strand. Eine kalte Böe peitscht uns ins Gesicht, als wir auf der

Strandpromenade ankommen. Der November hat die Ostseeküste fest im Griff, aber das kann mich nicht abhalten. „Es ist Zeit für mein liebstes Wintervergnügen!“

Kapitel 20

Rieke

„Ihr seid wahnsinnig.“ David lässt den Rucksack in den Sand fallen und deutet fassungslos auf die kleinen graugrünen Wellen, die sich am Strand brechen. „Vollkommen wahnsinnig! Es ist Winter!“

„Jo“, sagt Ben. „Bestes Surfwetter.“

Wir sind am Sötebyer Nordstrand. Von hier

sieht man das Meer, die Mühle Sophie und sonst nicht viel. Jan lässt die Tür seines alten, hellblauen Bullis aufgleiten. Er hat den schon reichlich mitgenommenen Wagen er quer zum Wind geparkt, damit wir im Windschatten stehen können – was später nötig sein wird.

Jan klopft David auf die Schulter. „Das Cousinchen sagt, du planst den Norden richtig kennenzulernen. Und surfen kannst du, richtig?"

„Aber!" David hebt die Hände. „Surfen ist was für lange Sommertage und für warme Gefilde! Natürlich kann ich surfen, sogar richtig gut, aber doch nicht in Eiswasser! Und ihr wollt ernsthaft in … das da?"

„Das da", sage ich, „ist einfach nur die Ostsee und du wirst gegen keinen Eisberg stoßen, versprochen. Dafür wirst du tollste Surferlebnis deines Lebens haben."

„Sagst du so einfach, du musst da ja auch nicht raus."

„Sagt wer?" Mit einem fiesen kleinen Grinsen strecke ich die Hand aus und lasse mir von Jan meinen Neoprenanzug reichen. „Natürlich gehe ich da raus."

David schließt kurz die Augen.

„Was denn?", frage ich lachend. „Du wolltest doch mal etwas Verrücktes machen. Und ich bin ja bei dir."

„Weiß nicht, ob mich das beruhigt."

Jan lacht. „Hier, du müsstest meine Größe haben. Dicker Gummi, das schützt länger vor der Kälte."

Ich schüttele meinen eigenen Anzug aus. Das Material fühlt sich zunächst kalt und unangenehm an, aber ich weiß, dass es mich vor der eisigen Wassertemperatur schützen wird.

Ich versuche, mich ganz auf mich und meinen Umziehprozess zu konzentrieren und nicht zu David zu schielen, der sich leise schimpfend aus seinen Klamotten befreit und dann lauter schimpfend im Nordwind steht. Das Gesicht hat er sich, wie ich, mit Vaseline eingeschmiert, aber gegen die Böe, die ihn gerade erwischt, hilft das gar nichts. Vor allem nicht am Rest des Körpers, der ziemlich muskulös und durchtrainiert wirkt

– ich habe doch geluschert! Dammich.

Augen zum Meer, Rieke! Es gibt keinen Grund, den halb nackten Mann anzustarren, als wäre er ein Kunstwerk. Aber er sieht doch wirklich wie gemeißelt aus! Wie es sich wohl anfühlt, die Fingerspitzen über diesen Bauch wandern zu lassen? Ah! Es wird Zeit, dass ich ins kalte Wasser komme!

Ich schlüpfe in den Anzug und ziehe die Reißverschlüsse zu, sodass nur noch mein Gesicht und meine Hände frei bleiben.

Mein Surfbrett liegt bereits am Strand, Jan hat es für mich mitgebracht und vorbereitet. Ich werfe einen prüfenden Blick darauf, um sicherzustellen, dass alles in Ordnung ist. Die Wachsreste auf dem Deck fühlen sich rau unter meinen Fingern an. Ich nehme mir einen Moment Zeit, um mein Board zu wachsen, damit meine Füße einen sicheren Halt darauf haben.

Die Sonne wirft Strahlen wie Speere durch die graue Wolkendecke, als ich mit dem Board unter dem Arm den Strand entlanggehe. Der Sand ist kalt und feucht, aber ich spüre die Vorfreude in mir aufsteigen. Ich atme tief ein und alles in mir kribbelt. Ich liebe die Herausforderung, die aufgewühlte See und das Gefühl von Freiheit, das Surfen mir gibt.

Als ich ins Wasser gehe, trifft mich die Kälte wie ein Schock. Die Ostsee im November ist nichts für Warmduscher und jedes Mal aufs Neue eine Herausforderung. Hinter mir höre ich David laut fluchen, aber er kommt tatsächlich mit uns. Respekt, ich dachte kurz, er würde uns für völlig durchgeknallt halten und schnell zurück ins Warme rennen.

Sobald ich mich akklimatisiert habe, paddel ich hinaus. Die Wellen sind hier draußen kräftiger, und ich kann das Adrenalin in meinen Adern spüren. Das Rauschen des Meeres umgibt mich, und ich konzentriere mich nur auf das Hier und Jetzt. Die salzige Luft füllt meine Lungen, und ich fühle mich lebendig.

Die ersten Wellen kommen herangerollt, und ich paddle kräftig, um in Position zu sein. Ich spüre den Druck unter mir, als die Welle mich mit sich nimmt. Mein Herz klopft schneller, die kalte Gischt sprüht mir ins Gesicht, und ein Lächeln breitet sich auf meinen Lippen aus. Ich könnte explodieren vor Freude, dieses Gefühl ist so unglaublich!

Nichts ist so intensiv, so pur. Nur das Meer, die Kälte und ich. Natürlich weiß ich, dass Ben, Jan und David auch da sind, und das ist auch sicherer so, aber wenn die Welle mich erfasst, bin da kurz nur ich in einem Universum aus ungezügelter Kraft.

Surfen im Winter mag herausfordernd sein, aber es ist auch magisch! Der klare Wind, das Rauschen des Wassers und die Freiheit auf dem Board sind unbezahlbar. Ich genieße jeden Augenblick auf dem Wasser und lasse mich von der Natur treiben. In diesem Moment, zwischen Wind und Meer, fühle ich mich stark, wild und lebendig. Es ist ein Gefühl, das mich immer wieder aufs Wasser zurückbringt, selbst wenn die Temperaturen sinken und die Tage kürzer werden. Hier draußen finde ich Frieden und Freude, die mir der Winter nicht nehmen kann.

Hinter mir höre ich David durch die Wellen preschen, und als er auf meiner Höhe ist, sehe ich in seinem Gesicht die gleiche Begeisterung, die ich fühle.

Kurz darauf signalisiert Ben, dass es Zeit wird, an Land zu gehen. Surfen im Winter zerrt an den Kräften, ganz anders als im Sommer. Erschöpft kehren wir an den Strand zurück.

„Heißes Wasser“, erinnert Ben mich.

Wir haben uns in den vergangenen Wintern angewöhnt, unserer Anzüge mit heißem Wasser zu übergießen, sobald wir an Land sind. So wird uns schnell wieder warm. Und der Neo wird schon einmal vom Salz befreit.

„Ich habe Wärmflaschen auf die Kleiderstapel gelegt“, sagt Jan. Sein Bart sieht aus, als würden sich Eiskristalle darin bilden, seine Wangen sind rot und seine Augen leuchten.

Genau wie die von David. „Das war … unbeschreiblich!“

Ich reiche ihm die Thermosflasche mit dem heißen Wasser.

„Danke“, sagt er und seine Stimme ist so tief und so aufrichtig, dass meine Knie fast nachgeben. Kann natürlich auch sein, dass ich einfach völlig ausgepowert bin.

Wir ziehen uns um (nicht hinsehen, Rieke!) und wickeln uns in die Decken, die Jan uns aus seinem Bulli zuwirft. Windgeschützt vom Wagen sitzen wir auf Isomatten am Strand, trinken Tee oder Suppe und essen die Snacks. Schweigend, glücklich. Immer wieder wirft David mir erstaunte Blicke zu, als hätte ich ihm gerade den Sinn des Lebens erklärt. Na ja, vielleicht habe ich das. Zufrieden lächle ich in meinen Tee und genieße, wie der Dampf langsam meine Nasenspitze wieder aufwärmt.

„Was ich mich ja frage", unterbricht Jan die Stille, „ist, ob das Cousinchen dich nicht leiden kann oder ganz nett findet."

„Hm?" David hört auf, ein Sandwich verliebt anzuschmachten und sieht mich ertappt an. „Was meinst du?"

„Die Frage ist doch, hat sie dich mitgenommen, um dir die Schönheit der Ostsee zu zeigen", Jan wiegt den Kopf hin und her, „oder um dich so richtig zu quälen?"

„Da musst du wohl Rieke fragen."

Jan lacht und Ben schmunzelt. „Nee, sinnlos.

Hab ich schon, sie sacht nix. Also, hast du sie genervt oder verzaubert, Frankfurter?“

David sieht hilflos zu mir. „Die norddeutsche Direktheit ist sehr anstrengend.“

Ich zucke mit den Schultern.

„Sind die immer so?“, fragt David.

Auch das ist mir nur ein Schulterzucken wert.

„Es ist so“, erklärt er Ben und Jan. „Ich fürchte, dass Rieke mich quälen wollte. Weil sie meinen Beruf abstoßend findet.“

„Ah.“ Ben nickt verstehend. „Du bist Zahnarzt.“

„Bidde?“ Jan sieht Ben fragend an.

„Tja nu.“ Ben schüttelt sich leicht. „Das fände ich abstoßend.“

„Was? Nein.“ David runzelt die Stirn. „Ich bin Immobilienakquisiteur.“

„Ach so.“ Sichtbar beruhigt wickelt Ben das nächste Sandwich aus.

„Was machst du da so?“, fragt Jan.

Und David erklärt es ihm. Dass er einer Immobilienfirma für Luxus-Apartments hilft, passenden Baugrund zu finden. Er erzählt ausführlich mit Beschreibung des Bauvorhabens von dem Plan, das Moor trockenzulegen oder Lars' Land zu kaufen. Tatsächlich scheint keiner der beiden es so schockierend zu finden wie ich. Ich darf ihn auf keinen Fall Heiko Hinrichsen vorstellen. Unser Gemeindevorsteller mag Geld und wenn schon Jan und Ben nichts bedenklich finden, wirft er sich sicher begeistert in seine Gummistiefel, um das Moor höchstpersönlich trockenzulegen.

„Is aber schon eine doofe Idee", sagt Jan. „Hier was Mehrstöckiges hinzuzimmern, was sich kein Sötebyer leisten kann – is nich wirklich plietsch. Musst du zugeben."

„Is sein Job." Ben sieht David mitleidig an. „Kann er ja gar nichts für."

„Er hätte alles andere werden können", werfe ich ein.

„*Er* hielt es für eine gute Idee", sagt David. „*Er* fand Häuser bauen sinnvoll und hat nach dem Studium nichts anderes gefunden. *Er* war möglicherweise ein wenig planlos, sonst wäre *er* jetzt …" Sein Blick schweift über den Strand, den Hügel hinauf. „Müller oder so ähnlich."

In meinem Bauch zwickt mich das schlechte Gewissen.

„Niemand wird mehr Müller in einer richtigen Mühle", sagt Ben und kuschelt sich enger in seine Wolldecke. „Schade eigentlich."

„Ja", sagt David. „Finde ich auch."

Und schon diskutieren sie über die ganzen schönen Jobs, die es nicht mehr gibt, über den Sophienmarkt und alles andere, nur nicht darüber, dass David mit ein paar sehr dummen Ideen im Gepäck nach Söteby gereist ist.

„Ihr seid doch auch gegen diese Wohnklötze", zische ich, als wir die Sachen in den Bulli laden und David uns gerade nicht hören kann. „Warum wart ihr so nett?"

Ben grinst breit. „Na, weil du ihn magst."

„Unsinn! Ich kann ihn nicht ausstehen." Zum Glück ist mein Gesicht noch von der Kälte gerötet. „Ich zeige ihm nur, wie schön es hier ist.

Mehr nicht. Wir haben einen Deal, hast du doch gehört.“

Jan wuschelt mir durch die Haare. „Du tüdelst doch“, sagt er lachend. „Sieht man doch, wie ihr euch anschmachtet.“

Von wegen! Niemand schmachtet hier irgendwen an. Ich hätte nicht schlecht Lust, Jan mit den nassen Handtüchern zu bewerfen.

Kapitel 21

David

Die Stimmung in Lars' Haus ist wie in den vergangenen Tagen geschäftig und voller Tatendrang. Rieke, ihre Freunde und einige Dorfbewohner haben sich zusammengetan, um Lars bei der Renovierung seines Hauses und des Hofes zu helfen. Die Luft scheint vor Aktivität zu pulsieren, aber vor allem pulsiert sie von der lauten Musik, die Sophie von ihrem Zimmer aus durchs Haus dröhnen lässt. Nichts Weihnachtliches, obwohl wir uns jetzt eindeutig in der Adventszeit befinden. Abgesehen von den Planungen für den Sophienmarkt scheint das hier aber so ziemlich jeder zu ignorieren, also sind wir an diesem Wochenende bei Lars.

Riekes Freunde Ben, Sarah, Tom, ihr Bruder Mattis sowie Mattis' Freundin Helene sind alle mit Werkzeugen bewaffnet und mit Blaumännern und alten Hemden bekleidet. Sie arbeiten mit Hingabe – und viel Lärm und Staub – an verschiedenen Aufgaben. Es herrscht ein reger Austausch von Anweisungen und Gelächter. Lars steht mitten im Geschehen und koordiniert die Arbeiten mit einem dankbaren Lächeln.

Jan und Ben beschäftigen sich mit Reparatur und Wartung der elektrischen und sanitären Anlagen. Sarah und Helene reißen in einem Zimmer die Tapete von den Wänden und gehen rigoros gegen den leichten Schimmelbefall darunter vor. Tom, mit dem ich bisher so gut wie nichts zu tun hatte, unterstützt bei der Renovierung der Innenräume, einschließlich

Malerarbeiten und Schreinerarbeiten.

Auch Sophies Freunde aus der Schule und von der Jugendfeuerwehr sind da und versuchen nach ihren Möglichkeiten zu helfen. Sie sortieren Möbel nach „noch zu retten“ und „Sperrmüll“. Mit Youtube-Videos bringen sie sich selbst bei, wie man diese Möbel repariert. Lachend und diskutierend sitzen sie in der alten Scheune und hämmern, schleifen und lackieren.

Nicht nur Lars ist beeindruckt. Ich bin zu gleichen Teilen irritiert und begeistert, wie diese Gemeinschaft funktioniert. So etwas habe ich bisher nicht erlebt. Klar helfen mal Freunde beim Umzug, und manchmal nehmen meine Nachbarn Pakete für mich entgegen. Das fand ich bisher schon sehr freundlich.

Aber ein ganzes Dorf, das zur Stelle ist, wenn es einem von ihnen nicht gut geht? Das ist schon eine andere Hausnummer. Obwohl ich beim besten Willen nicht verstehen kann, wie Lars so plan- und konzeptlos diesen alten Hof kaufen konnte. Das musste doch scheitern! Wie unvernünftig. Mir würde so etwas nie passieren.

Momentan beschäftige ich mich damit, alte

Fensterrahmen provisorisch abzudichten. Das kann keine langfristige Lösung sein, aber ich habe Lars bereits eine Liste mit Vorschlägen zur Energieeffizienz überreicht. Er findet darin Ideen zur Verbesserung der Energieeffizienz des Hauses, einschließlich der Installation von Isolierung, energieeffizienten Fenstern und Türen sowie der Gestaltung von Heizungs- und Kühlsystemen. Ich habe in den vergangenen Tagen gemerkt, wie wichtig ihm das ist.

„Wiebke und ich", erzählte er mir in einer Kaffeepause gestern, „wir wollten einen durch und durch ökologischen Bauernhof. Also, ich dachte, dass sie das auch wollte."

Und weil er dachte, dass es ihr gemeinsamer Traum wäre, hat er seinen Job in Hannover gekündigt und mit seinen Ersparnissen und einem unanständig hohen Kredit diese Bruchbude gekauft. Unfassbar, wie impulsiv Leute sein können. Meine Ersparnisse werde ich in eine schöne, große Wohnung in der Innenstadt von Frankfurt investieren. Nicht in einen verfallenen Hof im matschgrauen Nirgendwo, in dem es schon als schick gilt, wenn man seine Scheunen bunt streicht. Die von Lars ist gelb.

Aber er hat sich sehr gefreut, dass ich ihm durch meinen Job auch Tipps für Baumaterialien geben konnte, die sowohl den ästhetischen als auch den funktionalen Anforderungen entsprechen. Ich habe ihm eine Auswahl von umweltfreundlichen Materialien oder energieeffizienten Lösungen vorgeschlagen.

„Weiß ich zu schätzen", sagte er. „Ich kann mich aber nur mit einem Sack Dinkel revanchieren."

Dinkel. Was soll ich mit einem Sack Dinkel? Ich lache leise vor mich hin.

Als ich mich umsehe, entdecke ich, dass Riekes Mutter ebenfalls da ist, zusammen mit ihren Freundinnen, den „Deerns". Sie haben sich aufgeteilt, um das Haus zu reinigen und aufzuräumen. Und niemand, wirklich niemand stellt sich ihnen in den Weg. Sie sind effizient, schlecht gelaunt und kurz angebunden.

Ich muss gestehen, auch das beeindruckt mich. Umso mehr, weil ich mir beim besten Willen nicht erklären kann, wie eine Frau, die tatsächlich aussieht, als wäre sie noch gestern mit einer Streitaxt neben Harald Blauzahn persönlich in Dörfer eingefallen, mit Rieke verwandt sein kann. Rieke ist tough, sicher, aber sie strahlt eine Wärme und Liebenswürdigkeit aus, die ihrer Mutter komplett fremd zu sein scheint. Erziehung hat Rieke also nicht zu dieser wundervollen Frau gemacht. Das muss sie selbst entschieden haben.

Bauer Jöns von nebenan ist ebenfalls gekommen, um die Landmaschinen zu überprüfen und zu reparieren. Er ist ein erfahrener Handwerker und bringt seine Expertise ein, um Lars zu helfen. Mit mir spricht er weiterhin nicht.

Mehr als ein „Jo" auf die Frage, ob ich ihm einen Kaffee bringen soll, habe ich aus ihm nicht herausbekommen. Wenn man Rieke glauben darf, ist er gegen ihren Vater eine richtige Plaudertasche. Den habe ich allerdings noch nicht entdecken können. Er hat sich freiwillig gemeldet, das tote Frettchen vom Dachboden zu entfernen. Vielleicht sollte bei Gelegenheit mal jemand nachsehen, ob er bewusstlos daneben liegt.

Wie aufs Stichwort poltert etwas über mir, dann höre ich schwere Schritte die Treppe hinabschreiten. „Hey Papa!“, höre ich Rieke drei Zimmer weiter rufen. „Hast du es?“

Die Antwort ist unverständliches Gebrummel, da das aber von einem unmissverständlichen Gestank begleitet wird, war die Mission Frettchen wohl erfolgreich. Ich reiße das Fenster auf und lasse mir den kalten Wind den Geruch aus der Nase wehen.

Auf den Wind hier oben ist Verlass, er ist einfach immer da. Schön, irgendwie. Und auch der Ausblick aus dem oberen Stockwerk des Hauses ist schön. Mehr als das. Was ich bei meiner Ankunft noch trostlos und öde fand, ist jetzt ein beruhigender Anblick. Die weiten Felder gehen in ein noch weiteres Meer über, nichts blockiert den Blick oder die Gedanken. Es ist, als würde ich das erste Mal seit Langem nur Weite sehen, keine Mauern. Und als würde diese Weite da draußen auch für Weite in meinen Gedanken sorgen. Tatsächlich ist der Norden gar nicht so grau. Er ist wunderschön.

Hm. Was genau ist in diesem Klebstoff für die

Fensterdichtungen und habe ich zu viel davon eingeatmet?

„Hey." Rieke hat sich unbemerkt neben mich gestellt. „Sieht toll aus, oder?"

„Großartig."

„Wenn die Wolken so tief hängen und dieses Licht …"

Ich nicke. Plötzlich verstehe ich, warum Künstler in vergangenen Jahrhunderten von Licht gefaselt haben, warum sie so detailliert den Himmel gemalt haben. Womöglich habe ich wirklich zu viel Kleber eingeatmet, aber dieser norddeutsche Himmel scheint mir wie ein vergängliches Kunstwerk. Ich schüttele den Kopf. „Stimmt es, dass die Wikinger glaubten, ihnen könnte der Himmel auf den Kopf fallen?"

Rieke lacht auf. „Erstens waren das die Kelten, und zweitens kenne ich keine Wikinger."

„Nicht?" Ich hebe verwundert eine Augenbraue. „Ich habe deine Mutter gesehen, weißt du, und da dachte ich …"

Sie lacht wieder und boxt mir spielerisch

gegen den Arm. „Quatschkopf."

Ihre grünen Augen leuchten und ich könnte diese Lachfältchen küssen. Die Atmosphäre ändert sich, als würde die Luft zwischen uns flirren. Rieke scheint viel näher als noch vor einer Sekunde, als hätte ihr Lachen den Abstand zwischen uns überwunden. Plötzlich herrscht diese wunderbare Spannung, die mich schier um den Verstand bringt, genau wie an diesem Abend in der Mühle. Unsere Blicke haben sich gefunden, und wir lächeln, als würden wir ein Geheimnis teilen. Ich spüre, wie mein Herz schneller schlägt und mein Gesicht sich ihrem nähert. Es scheint, als würde alles in diesem Moment auf einen Kuss hinauslaufen.

Doch bevor unsere Lippen sich berühren können, wird die zauberhafte Stimmung jäh unterbrochen. Die Tür schwingt auf, und eine Frau rauscht in den Raum, als wäre sie vom Sturm hereingeweht. Sie stellt sich mit einem knappen „Hi, ich bin Laura" vor. Sie mustert mich von Kopf bis Fuß. „Bist du der Kasper, der völlig unbedarft diese Schrottbude gekauft hat und jetzt einen Business-Plan braucht?"

Ich fühle mich, als wäre ich aus einem Traum gerissen worden. „Ähm, hallo, Ich bin David."

Laura legt den Kopf schräg. „Heißt das jetzt ja oder nein?"

„Ich … bin ein anderer Kasper", bringe ich schließlich heraus, und Rieke hinter mir lacht nervös. Der Moment, der gerade noch so voller Versprechungen war, ist vorbei.

„Habe ich bei irgendwas gestört?", fragt Laura.

Hinter mir murmelt Rieke etwas von schlechtem Timing und Laura, die völlig unbekümmert wirkt, scheint sie jetzt erst zu bemerken.

„Lieblingsmuschelschubserin!" Sie schiebt mich zur Seite und drückt sie an sich.

„Hi Laura", nuschelt Rieke erstickt. „Ich staube dir dein Kostüm voll."

„Meh." Laura lässt sie los und sieht an sich herunter. „Schwund ist immer. Also, wo ist der Kerl? Lene hat geschrieben, dass hier dringend die Hilfe einer heldenhaften Unternehmensberaterin gebraucht wird."

Sie wirft sich in eine Pose, die eindeutig nach Superwoman aussieht. Fehlt nur noch, dass ihr grauer Mantel wie ein Cape flattert. „Wer weist mir den Weg zu dem armen Mann?“

„David“, Rieke sieht zu mir, „weißt du, wo Lars gerade ist?“

Ich kann nur nicken und versuche, mich zu konzentrieren, während meine Gedanken immer noch um den verpassten Kuss kreisen. Es scheint, als hätte das Schicksal andere Pläne für diesen Moment gehabt. Ich glaube, ich kann das Schicksal nicht ausstehen.

Wir finden Lars, wie er gerade in eine Diskussion mit Sarah verstrickt ist. Sieht nach einem ernsten Thema aus, die beiden reden leise und schnell.

„Tach!“, verkündet Laura. „Was wird hier getuschelt?“

Sarah und Lars springen auseinander.

„Äh, wir äh …“ Sarah wirkt nicht weniger ertappt, als ich vor wenigen Augenblicken. „Wir haben gerade besprochen, dass …“, stammelt sie, „dass es auf dem Sophienmarkt dann ja auch

Glühwein geben muss."

Lars nickt eifrig. „Genau."

Sie haben ziemlich eindeutig über alles Mögliche, nur nicht über alkoholische Getränke gesprochen.

„Glühwein, hm?" Laura sieht fragend zu Rieke.

„Stimmt", verteidigt Rieke ihre Freundin. „Brauchen wir."

Sarah lächelt dankbar. „Und Lars und ich haben gedacht, es wäre doch toll, wenn wir ein spezielles Rezept hätten. Also etwas besonders. Könnt ihr euch darum kümmern?"

„Wir?"

„David und du, ihr seid doch die Gastro-Leutchen", sagt Sarah, jetzt deutlich sortierter.

„Stimmt", sage ich. „Wir werden uns gleich heute Abend darum kümmern."

Rieke lächelt, Sarah nickt erleichtert und Laura scheint sich über etwas sehr zu amüsieren. „Wär das geklärt." Sie deutet auf Lars. „Und du bist dann bestimmt Mr. Planlos, ja?"

Lars nickt verlegen. „Glaub schon. Mir gehört der Hof."

„Dann bist du mein Mann." Laura klatsch energisch in die Hände. „Wir brauchen Kaffee, viel davon, einen Tisch und ein bisschen Ruhe. Ich habe schon mal Ideen gesammelt. Bereit?"

Rieke sieht den beiden nach, als sie den Raum verlassen. „Glühwein." Sie seufzt. „Hab ich gar nicht dran gedacht. Dann sollten wir vielleicht noch bei Antje vorbei."

Ich habe den Autoschlüssel schneller gezückt, als sie Zimtstangen sagen kann. „Dann los."

„Meinst du, die kommen ohne uns klar?" Rieke versucht, besorgt zu gucken, aber es gelingt ihr nicht ganz.

Sarah lacht. „Sicher, ihr habt schließlich eine Mission und der Markt ist schon nächstes Wochenende. Also, hopp, macht euch vom Acker."

Sie zwinkert Rieke zu und schon sind wir auf dem Kiesweg zu meinem Auto unterwegs, um im Dorfladen noch kurz vor Ladenschluss alles für Glühwein zu kaufen.

Kapitel 22

Rieke

Samstagnachmittag bei schlechtem Wetter – da ist in Söteby nicht viel los. Die Wolken, die sich schon seit dem Vormittag über der Küste sammeln, bewegen sich jetzt deutlich schneller als noch vor ein paar Stunden, der Wind kommt vom Meer und pustet die paar Spaziergänger, die noch draußen sind, vor sich her. David und ich parken vor Antjes

Schlemmerlädchen, wo der warme Lichtschein aus den Fenstern nach draußen dringt.

„Schnuckelig“, sagt David. „Viel Auswahl wird es hier nicht geben, oder?“

„Abwarten“, antworte ich, als ich die Tür aufstoße. „Antje ist immer für eine Überraschung gut.“

Überraschend waren die letzten Tage auch, besonders heute. Ich hatte mir so fest vorgenommen, David nicht ausstehen zu können, aber zu sehen, mit wie viel Engagement er Lars hilft – das ist leider sehr attraktiv.

„Warum hilfst du Lars eigentlich?“ Ich steige aus dem Auto und sofort raubt mir ein kräftiger Windstoß den Atem.

David zuckt mit den Schultern. „Weil ich es kann.“

Geht das? Darf er das? Muss er sich nicht für eine Seite entscheiden? Er kann doch nicht einfach mithelfen und wenn es für Lars schiefgeht, die Reste aufsammeln. Ha! Das ist unattraktiv. Geht doch! Fast hätte ich ihn nett gefunden. Bleibt nur noch das Problem, dass ich ihn wirklich wirklich gern noch einmal küssen würde.

„Moin Rieke!“ Wie erwartet, begrüßt Antje uns mit einem herzlichen Lächeln. Antje hat mir als Kind bunte Naschi-Tüten verkauft und ist heute die Frau, die mir Weine empfiehlt und Sachen sagt wie „Kind, du bist so dünn geworden“ – was nie stimmt. Ich esse viel zu gern, um zu dünn zu werden. Diese Leidenschaft teilen wir, Antje und ich. Sie selbst ist eine kleine, rundliche Frau, die immer gute Laune und meistens eine neue Spezialität hat, die sie mir zeigen muss. Der Laden ist ein kleines Paradies der regionalen Köstlichkeiten.

Sie strahlt uns an. „Wie kann ich euch zwei hübschen helfen?“

„Antje! Moin. Wir suchen nach Zutaten für Glühwein.“

„Für den Sophienmarkt nächste Woche?“, fragt sie mit einem Augenzwinkern, als wir uns dem Regal mit den Weinen nähern.

Ich nicke und lächle. „Ja. Wir wollten etwas Besonderes ausprobieren. Etwas, was es nur hier gibt.“

David, der neben mir steht, schaut mich an, und ich kann in seinen Augen ein leises Funkeln erkennen. „Was von hier kommt, ist eindeutig besonders“, raunt er leise.

Ich bekomme eine Gänsehaut, Antje bekommt nichts mit.

„Schwierig“, Antje wiegt den Kopf. „Aber wart man, ich hab da was …“ Leise summend verschwindet sie in ihrem Lager und kommt kurz darauf mit einer kleinen Teedose zurück. „Hab ich auf einem der Güter gekauft“, sagt sie. „Da war vor ein paar Tagen Weihnachts- und Handwerksmarkt, ganz nüüdlich war dat dor.“ Sie drückt mir die Dose in die Hand. „Kannst du vielleicht was mit ausklamüsern.“

Nelken, Zimt, Sternanis und eine Prise Muskat sind in der Mischung und Antje betont, dass das Verhältnis entscheidend sei, um die perfekte Balance zu finden. Ihre Augen leuchten vor Freude, während sie von den verschiedenen Aromen schwärmt, die einen guten Glühwein ausmachen. Sie betont, dass der Glühwein Zeit braucht, um seinen vollen

Geschmack zu entwickeln. „Ein langsames Köcheln auf niedriger Hitze lässt die Gewürze und Fruchtaromen intensiver werden."

Ich habe das Gefühl, als würde auch ich langsam auf niedriger Hitze köcheln, kann aber nicht sagen, dass irgendwas dadurch besser wird. Ich erwische mich dabei, wie ich auf Davids Lippen sehe. Wäre Laura nicht vorhin ins Zimmer geplatzt … ich seufze leise.

„Und Vanille", sagt Antje „Auf jeden Fall. Und 'n büschen was Fruchtiges. Orange. Oh, da fällt mir was ein!"

Und schon wuselt sie wieder Richtung Lager. „Rieke, David, kommt mal mit!"

Sie steht vor ein paar Kisten mit braunen Flaschen darin. „Apfelsaft. Die wollte ich eigentlich verkaufen, habe aber zu viel eingekauft. Die Flaschen stammen aus der Kelterei um die Ecke, aber jetzt laufen die bald ab und … tja nu. Die könntet ihr doch nehmen."

„Apfelglühwein." David klingt begeistert.

„Mit Sahnehaube!", schwärmt Antje.

„Super!“ Ich zähle die Kisten. „Das ist regional und besonders.“

Antje schaut uns lächelnd an. „Der Geruch von Glühwein bleibt übrigens tagelang in der Küche“, sagt sie. „Musst du wissen, ob deine Gäste das gut finden, Rieke.“

„Keine Sorge, Antje. Dann weichen wir eben auf die Mühle aus. Wir müssen sowieso testen, ob der Strom dort für den großen Tag funktioniert.“

„Mühle“, sie sieht nachdenklich aus dem Fenster. „Nee, Kinners. Soll stürmisch werden heute Abend, ist vielleicht nicht die beste Idee, da oben in dem alten Gebäude …“

„Die Mühle“, sagt David, „hat zweihundert Jahre lang so ziemlich jedem Sturm standgehalten.“

„Sachst du so.“ Antje betrachtet die Wolken, ich betrachte Davids Profil. Ich mache mir um eine ganz andere Art Sturm Gedanken.

∞∞∞

Der Wind heult um die Mühle, und die alten Holzdielen unter unseren Füßen knarzen. Unsere Behelfskochplatten arbeiten auf Hochtouren, und der Duft von Zimt und Orangenschalen breitet sich im Untergeschoss der Mühle aus. Es ist gemütlich und erstaunlicherweise ist es sogar relativ warm. Das kommt vermutlich von den Herdplatten und dem kleinen Heizlüfter, den Antje uns noch mitgegeben hat. Oder es liegt am Glühwein, den wir zwischendurch immer wieder kosten.

Oder die Wärme kommt einfach aus mir, weil ich mir ziemlich warme Gedanken mache, wann immer David mich ansieht. Oh, dammich! Das war so was von nicht der Plan. Na ja, vielleicht doch. Wenn ich ehrlich bin, wollte ich mit ihm allein sein, seit Laura uns vorhin gestört hat.

Ich spüre, wie die Funken zwischen uns fliegen. David und ich stehen so nah beieinander, dass ich seine Wärme förmlich spüre.

„Was hältst du hiervon?" David und reicht mir einen Becher. Der Wein schimmert tiefrot und dampft verführerisch. Ich nehme einen Schluck und spüre, wie er sich warm und wohltuend in meinem Inneren ausbreitet.

„Das ist wirklich gut“, sage ich und lächle David an. „Du hast Talent.“

Er zuckt mit den Schultern und grinst. „Na ja, ich habe ja die beste Lehrerin.“

Für einen Moment versinke ich in seinen tiefen, dunklen Augen. Der Sturm draußen wird wilder, zerrt an der Mühle und der Regen prasselt gegen die kleinen Fenster. Das alte Gebäude scheint im Sturm zu zittern, und ich kann mir lebhaft vorstellen, wie die alten Mühlenflügel sich gegen den Sturm stemmen, der mit aller Macht an ihr zerrt. Ja, Sophie, frag mich mal. Ich habe es hier auch nicht leichter.

Wir stehen eng beieinander, und ich spüre, wie David sanft nach meiner Hand greift.

„Rieke“, sagt er leise, „ich ... es tut mir leid, dass wir uns ... dass ich dir nicht gleich gesagt habe, wer ich bin. Das ist sonst nicht meine Art, wirklich.“

Sein Blick wirkt so traurig und so aufrichtig.

Ah, dammich.

„Jedes Mal“, murmele ich. „Ich falle jedes Mal auf solche Typen rein. Lügner und Schnacker.“

Davids Blick verfinstert sich. „Jemand hat dich verletzt.“

Ich zucke mit den Schultern. „Na ja, jemand hat wie du behauptet, dass er mich nicht per se *belogen*, sondern einfach nur etwas weggelassen hätte. Eine Frau und zwei niedliche Kinder nämlich, die zu Hause auf ihn warteten und von denen er sich jedes Jahr ein paar Wochen erholen musste. An der Ostsee, um zu segeln und zu schreiben. Und um fremdzugehen.“

David sieht mich mit einer Mischung aus Schock und Wut an und plötzlich sprudelt alles aus mir heraus.

„Monatelang hat er vergessen, diese Kleinigkeit zu erwähnen! Ein Jahr, in dem ich wie eine der Frauen aus vergangenen Jahrhunderten an dem verdammten Wunschstein gestanden und auf ihn gewartet habe. Wie erbärmlich!“

„Rieke ...“, David drückt meine Hand, aber ich ziehe sie fort und balle sie zur Faust.

„Sobald die Segelsaison losging, kam Alexander und blieb für ein paar Wochen bei mir, kam an Wochenenden und Feiertagen ... und ich war mir so sicher, dass er eines Tages sagen würde, dass er bleibt ... stattdessen habe ich seine Frau kennengelernt.“

„Oh nein.“

„Oh doch.“ Ich kann nicht aufhören zu reden. Es ist erste Mal, dass ich mit jemandem darüber rede. Allen anderen habe ich gesagt, ich will nie wieder darüber sprechen. Aber irgendetwas ist anders, hier mit David. „Sie wollte ihn auf dem Boot überraschen. Ich kann es ihr nicht einmal übel nehmen, dass sie mir den Champagner über den Kopf gegossen hat, den ich für Alex und mich mitgebracht hatte. Ich nehme es *mir* übel, dass ich so blauäugig war. Dass ich allen von ihm erzählt habe, dass ich so verdammt verliebt war. Dass ich so verdammt dumm war.“

„Nein, du warst nicht dumm.“ Davids Stimme ist tief und dunkel und nimmt meiner Wut den Wind aus den Segeln. Als wäre alles, was war, plötzlich völlig egal. Alex-wer?

„Sich zu verlieben ist nie dumm“, sagt er.

„Aber leichtsinnig.“ Ich sehe ihn herausfordernd an.

„Leichtsinn“, raunt er, „ist zufällig mein neustes Steckenpferd.“

Ich kann die Funken zwischen uns förmlich sehen, und während die Mühle sich tapfer dem Sturm entgegenstellt, habe ich längst verloren. Seine dunklen Augen, die noch ein wenig dunkler werden, als er sich zu mir beugt, seine Hand, die er sanft an meine Wange legt … jup. Hoffnungslos verloren. Ich genieße seine Wärme, spüre seinen Atem auf meiner Haut.

„Ja?“, fragt er leise.

Ja!

Als sich unsere Lippen berühren, kracht der Sturm draußen so laut, als würde er die Mühle niederreißen wollen.

David zieht mich näher, vertieft diesen Kuss, als wäre das Tosen des Windes überhaupt nichts. Wie bei unserem ersten Kuss vergesse ich alles um uns herum, nur mein Herz klopft wild gegen meine Rippen.

„Und … und jetzt?“, frage ich atemlos, als wir unseren Kuss unterbrechen. Mein Körper schmiegt sich eng an David, meine Hände gleiten über seinen Rücken.

„Na ja.“ David lächelt und deutet zur Tür. „Da raus können wir nicht.“

„Auf keinen Fall“, sage ich. „Vielleicht müssen wir sogar hier übernachten. Wir müssten einander wärmen.“ Ich gebe mir Mühe, ernst und zudem ernsthaft bedröppelt auszusehen und forsche in seinem Gesicht nach einer Reaktion. Zu wild? Zu früh? Zu stürmisch?

„Oh, wie ärgerlich.“ Davids Mundwinkel zuckt.

„Aber zum Glück haben wir hier ja Decken …“

David streicht meine Haare zur Seite und küsst meinen Hals. „Zum Glück“, raunt er und der Sturm da draußen ist nichts gegen den Sturm in mir.

Kapitel 23

David

Wir liegen eng umschlungen auf dem Holzboden, unter und auf warmen Wolldecken, während draußen der Sturm tost. Rieke liegt an mich geschmiegt und ich kann kaum glauben, was gerade passiert ist. Das bin so gar nicht ich! Ich habe noch nie eine Frau so spontan, so sehr gewollt wie sie. Nie war ich so verrückt nach einer Frau. Und nie hat sich etwas so intensiv, so richtig angefühlt.

Ich lausche auf Riekes gleichmäßiges Atmen, auf das Knarren und Ächzen, das die Mühle von sich gibt. In diesem Moment ist es, als könnte ich die ganze Welt um uns herum vergessen. Gut, es ginge vielleicht etwas besser, wenn der Boden etwas gemütlicher wäre und der Sturm nicht so überdeutlich auf ein Leben außerhalb der runden Wände dieser Mühle aufmerksam machen würde.

Meine Gedanken schweifen ab, und ich male mir aus, wie es wäre, diese Mühle wieder zum Leben zu erwecken. Während der Aufräumarbeiten habe ich mich mit der Mechanik beschäftigt und vielleicht habe abends ich ein, zwei Stunden damit verbracht, im Internet zu recherchieren. Ja, es waren deutlich mehr als zwei oder drei Stunden. Aber so sind meine Gedanken nicht immer um Rieke gekreist und ich habe viel gelernt.

Verrückt, was die Leute alles ins Internet stellen. Ich könnte theoretisch den Flachriemenantrieb selbst reparieren, und wenn ich jemanden finde, der sich um die Flügelwellen an der Kappe kümmern könnte … warum nicht? Ich könnte das Ding wieder zum Laufen bringen. Weil Sophie eine Holländermühle ist, habe ich in den Niederlanden nach Experten gesucht und gefunden. Dort betreiben nur noch wenige jüngere Menschen das alte Handwerk, es könnte aussterben. Und das wäre doch sehr schade, oder? Ach. Der Gedanke reizt mich schon. Das wäre das erste Mal, dass ich mit meinem Wissen und meinen eigenen Händen tatsächlich etwas … Vernünftiges machen könnte. Warte. *Ist* es vernünftig?

Rieke murmelt im Schlaf und ich küsse sie auf die Schläfe. Ja, natürlich ist es vernünftig. Und sinnvoll. Wenn die Menschen so auf vor Ort gerösteten Kaffee stehen, dann muss es doch auch eine Zielgruppe für frisch gemahlenes Mehl geben?

Ich muss fast lachen, als ich mir vorstelle, wie neben hippen, kleinen Kaffeeröstereien neue Mühlen gebaut werden, um Mehl anzupreisen wie *das* neue Trend-Produkt. Statt einer Tafel mit verschiedenen Kaffee-Röstungen stünde dann eine mit Mahlstärken vor dem Eingang. Ich streiche Rieke zärtlich über den Arm. Was für eine alberne Träumerei. Das würde ja bedeuten, dass ich in Söteby bliebe, mit all den Konsequenzen. Mit Rieke.

Was für ein schöner Gedanke.

Plötzlich wird mir bewusst, was Dinah gemeint hat. Warum sie wirklich Schluss gemacht hat. Und wie recht sie hatte: Bei ihr hatte ich damals nur vernünftige Gründe gefunden, um zusammenzuziehen. Aber für Rieke finde ich nur unvernünftige Gründe, und dennoch gibt es nichts, was ich mir mehr wünsche, als in ihrer Nähe zu sein.

Okay, David, hör auf zu träumen. Du hattest zu viel Glühwein und ganz offensichtlich hat sich diese ganze Leidenschaft auf deinen Verstand ausgewirkt. Mühle. In Söteby. Was für ein Unsinn!

Rieke atmet ruhig und gleichmäßig, ihr Gesicht entspannt im Schlaf. Sie wirkt so friedlich, so verletzlich und gleichzeitig so unglaublich stark. Ich kann nicht anders, als sie noch enger an mich zu ziehen und einen sanften Kuss auf ihr Haar zu drücken. Ihr Duft, ihre Wärme, ihr Lachen – all das scheint plötzlich so wichtig geworden zu sein.

Der Sturm draußen tobt weiter, doch hier, in dieser alten Mühle herrscht eine ganz eigene Ruhe. Eine Ruhe, die ich mit Rieke teile und die mich erfüllt. Ich schließe die Augen und spüre, wie sich das Glücksgefühl in meinem Inneren ausbreitet. Vielleicht ist das der Anfang von etwas Neuem, von einer Zukunft, die ich mir bisher nie vorstellen konnte.

Kapitel 24

Rieke

Die Luft ist klar und klirrend kalt. Hoch über uns kreisen neugierig ein paar Möwen, während wir in warme Winterkleidung gehüllt die letzten Stände des Marktes aufbauen. Es ist das letzte Adventswochenende, und die Vorfreude ist förmlich greifbar. Die letzten Tage haben wir wie verrückt gebastelt, geplant und Dinge hin-

und hergefahren, aber jetzt ist es endlich so weit. Ein kleiner Trupp Sötebyer und Sötebyerinnen hat sich eingefunden, um die Stände aufzubauen und die alte Mühle für die Besucher vorzubereiten. Fiete steht am Rand, schmökt seine Pfeife und gibt kluge Ratschläge. Er ist ganz in seinem Element.

Wir haben uns morgens früh am Mühlenhof versammelt und uns einen Plan zurechtgelegt, wie wir am besten vorgehen.

Natürlich hat David alles ordentlich aufgezeichnet, farblich markiert und beschriftet. Ich wüsste zu gern, wie und wann er die Zeit dafür gefunden hat. Wenn wir nicht gerade bei Lars waren oder den Markt vorbereitet haben, hatte er eigentlich keine Sekunde die Hände frei, um etwas zu zeichnen. Ein dümmliches Grinsen schleicht sich auf mein Gesicht und ein angenehmer Schauder rieselt über meinen Rücken. Davids Hände auf meinem Körper … nein, ich muss aufhören, ihn verzückt anzustarren und unanständige Dinge zu denken. Wir haben zu tun!

Zuerst bauen wir die Stände auf, an denen wir selbst gemachte Leckereien und Kunsthandwerk verkaufen werden. Torge hat das erste Mal, seit ich kenne, etwas mit Begeisterung gemacht und so viele kleine Figuren geschnitzt, wie er nur konnte. Sie sehen absolut bezaubernd aus und stehen jetzt stolz zwischen den kleinen Kunstwerken, die Nele uns geschickt hat. Ich werfe einen kritischen Blick in den Himmel, aber das Wetter scheint auf unserer Seite zu sein. Kein Regen heute, nicht ein Wölkchen ist zu sehen. Perfekt!

Die Stimmung ist ausgelassen, während wir die Stände öffnen und den Leuten an den Buden helfen, alles richtig auszurichten. Es ist so schön, wie viele sich gefunden haben, um selbst gebasteltes oder Spezialitäten zu verkaufen. Malte hilft seinem Vater Hannes, den Stand für *Hannes' Backhus* herzurichten. Hannes verkauft Mutzen und Spritzgebäck, denn natürlich war er sofort Feuer und Flamme. Schließlich geht es um die erste große Liebe seines Sohnes. Ich blinzele ein paar Mal. Muss wohl der kalte Wind sein, der mir die Tränen in die Augen treibt. Möglicherweise bin ich auch ziemlich gerührt.

„Rieke? Hilf mir mal!" David kämpft mit dem Tapeziertisch, auf den wir die Preise für die Tombola und die Lostrommel platzieren wollen. Nicht alle Preise, für den gespendeten Strandkorb gibt es natürlich erst einmal nur ein kleines Model, das auch Torge geschnitzt und bemalt hat.

„Hey David!", ruft Ben und grinst breit. „Du musst den Tisch gerade aufstellen, nicht schief wie den Weihnachtsbaum im *Strandkieker!*"

David hebt die Hände in die Höhe und lacht. „Ich habe aus meinen Fehlern gelernt!"

Er zwinkert mir zu und sofort wird mir ganz warm. Denn natürlich stand der kleine Baum im Gastraum gerade, als ich David in die Arme geflogen bin, um ihn stürmisch zu küssen. Wir sind gegen das Bäumchen getorkelt und haben dabei einen Engel und einen kleinen Stern zu Scherben zerspringen lassen.

„Zieh mal da vorn", weise ich ihn jetzt an. Wir arbeiten Hand in Hand und haben Spaß dabei, die Stände zu gestalten. Sarah und Helene kümmern sich um die restliche Dekoration und hängen Lichterketten und Weihnachtssterne auf. Jan und Mattis sind für die technischen Belange zuständig und sorgen dafür, dass die

Musik und die Lichterketten in der Mühle reibungslos funktionieren.

Inmitten all des Trubels üben Klaas und die Jungs von den *Sailin' Scampi* Weihnachtslieder, sehr zu Lauras Erheiterung.

Klaas, der einen scheußlichen Weihnachtspulli und eine Mütze mit Rehgeweih trägt, lässt sich nur zu gern durch ihre spöttischen Bemerkungen provozieren.

„Dann komm du doch her", ruft er von der provisorischen Bühne aus Paletten, „und bring uns in Weihnachtsstimmung."

„Wie schwer kann das schon sein?" Laura blickt von ihrem Handy auf, mit dem sie Fotos von dem Markt macht. Ich bin mir ziemlich sicher, dass sie mehr Fotos von unserem blauäugigen Sänger als von den Ständen gemacht hat, die sie online posten wollte.

„Kannst du singen, Berlinerin?", fragt Klaas ins Mikro.

Laura sieht ihn gelangweilt an. „O du Fröhliche, bumsfallera und so weiter?"

Klaas schüttelt amüsiert den Kopf. „Ich bin mir ziemlich sicher, dass kein einziges Bumsfallera in O du Fröhliche ist."

„Dann nicht", verkündet Laura und tut so, als würde sie weiter auf ihrem Handy herumtippen. Ich kann sie eindeutig lächeln sehen.

Die fröhliche Stimmung steckt jeden von uns an, und wir arbeiten hart daran, alles rechtzeitig fertigzustellen. Um elf soll der Markt offiziell eröffnet werden, und wir haben nur noch eine halbe Stunde. Natürlich stehen schon die ersten Neugierigen am Rand und schauen, was sich so unter den Flügeln der Mühle tut. Die Kälte macht uns nichts aus, wir sind zu sehr mit dem Gedanken beschäftigt, etwas Gutes für unser Dorf zu tun und die Besucher mit einem zauberhaften Weihnachtsmarkt zu überraschen.

Schließlich sind die Stände bereit, die Mühle erstrahlt in warmem Licht, und die Musik erklingt. Wir treten einen Schritt zurück und betrachten stolz unsere Arbeit.

„Wir können sehr zufrieden sein", sagt David neben mir und legt den Arm um meine Schultern.

„Und wie!“ Ich bin unglaublich zufrieden. Mehr als das – ich bin glücklich. David hat nicht einmal mehr darüber gesprochen, dass er Lars‘ Land kaufen will. Im Gegenteil, er hat sich anscheinend richtig mit Lars angefreundet und gibt ihm lauter hilfreiche Tipps. Und er bleibt länger als geplant. Gestern hat seinen Arbeitgeber angerufen und Urlaub genommen, um hierzubleiben. Nicht nur die Tage, die er über Weihnachten ohnehin freihaben wollte, nein, er hat den ganzen Resturlaub genommen, der angesammelt hatte. Er wird also noch mindestens zwei Wochen bleiben und Weihnachten mit uns feiern. Außerdem ist er neugierig aufs Rummelpottlaufen zu Silvester.

Und wer weiß ... vielleicht ... ich wage es kaum zu hoffen. Was, wenn mein Wunsch wirklich in Erfüllung ginge? Aus den Augenwinkeln beobachte ich David, der lächelnd zur Bühne sieht, von der aus Klaas die Gäste begrüßt. Klaas winkt fröhlich in die Menge, als hätte er nie etwas anderes getan. Spontan Reden halten? Genau Klaas‘ Ding. Er liebt Publikum.

„Moin Söteby, hallo, liebe Gäste! Ich hoffe, ihr habt lauter weihnachtliche Gedanken, leere

Mägen und volle Portemonnaies dabei." Er grinst frech. „Lasst uns gemeinsam n'büschen feiern und nebenbei etwas für den guten Zweck und fürs Karma tun. Ihr findet hier jede Menge kleine Geschenkideen, alles fürs leibliche Wohl und natürlich die weltbesten Heidesand-Plätzchen nördlich der Elbe!" Er zeigt auf den Stand meiner Mutter. Wird sie etwa rot?

„Also dann", ruft Klaas, „auf die Plätzchen, fertig, los!"

Ich sehe in die lächelnden Gesichter der Besucher, atme den Duft von gebrannten Mandeln und dem Gebäck an Hannes' Stand. Sophie und ihre Feuerwehrtruppe haben einen Grill aufgebaut und verkaufen fleißig Grillgut an die Besucher. Es sind tatsächlich richtig viele Menschen gekommen, unglaublich! Ich lache ein wenig vor Glück.

In wenigen Tagen schon werden wir Weihnachten feiern und wenn heute alles gut geht, werden wir dann Lars und Sophie einen Scheck überreichen können, damit sie bleiben können. Und Weihnachten werden die beiden garantiert nicht allein feiern, das haben wir alle schon längst beschlossen. Es ist ein Moment der Gemeinschaft und der Vorfreude. So, denke ich, genauso sollte Weihnachten sein.

„Komm", sage ich zu David. „Wir haben Appel-Glühwein unters Volk zu bringen."

„Was immer du sagst, Chefin." Er küsst mich auf die Stirn.

Kann es bitte so weitergehen? Kann er mich immer so ansehen, als wäre ich ein Geschenk? Hach. Ich seufze und stoße die Mühlentür auf. Ich glaube, ich werde diese Mühle nie wieder so sehen wie vor dieser magischen ersten Nacht, die David und ich darin verbracht haben. Dem Blick nach, den er mir zuwirft, denkt er genau das Gleiche. Die Mühle ist *unsere* Mühle geworden. Ein leichtes Ziehen in meinem Herzen erinnert mich daran, dass er irgendwann gehen wird und ich dann für immer beim Anblick der Mühle an ihn denken werde. Gott, warum kann ich es nicht nur so als Urlaubsflirt genießen? Ich schüttele den Kopf über mich.

Mattis hat einmal zu mir gesagt, dass es flüchtige Affären in meiner Welt nicht gäbe. Ich wäre die, die immer vom Heiraten geträumt hätte. Ach ja? Dann soll er mal sehen, wie gut ich damit zurechtkomme, dass David wieder gehen wird. Ganz prima werde ich das verkraften. Ich kann das. Ganz bestimmt. Denn so wie mit Alex – nein, das tue ich mir nicht noch einmal an. Ich weiß genau, dass das mit uns befristet ist. Deshalb werde ich mich da auch nicht Herz über Kopf reinstürzen. Vorsichtshalber küsse ich David noch einmal, während wir die Mühle aufschließen. Auf Vorrat.

Wir schalten die Herdplatten ein, um den Glühwein vorzubereiten und stellen unsere Tafel mit den Preisen für die Getränke vor die Tür. Es gibt traditionellen Glühwein, unsern Sötebyer-Apfelglühwein, mit oder ohne Schuss – und der kommt richtig gut an. Kinder wärmen sich die Hände an dem mit Zimtstangen gewürzten, warmen Apfelsaft und haben kleine Sahnebärte, Erwachsene bestellen mit einem Schuss Apfelkorn. Calvados wäre eleganter, aber hey, wir sind im Norden.

Stunden später, als die Sterne mit unseren Lichterketten um die Wette funkeln, sind wir restlos ausverkauft und stapeln die zurückgebrachten Becher in Transportboxen, während draußen die *Scampi* ihre Weihnachtslieder singen. Irgendwann bedankt Klaas sich bei den letzten Gästen und es wird kurz still. Doch dann ertönt eine Frauenstimme, rau und samtig. Sie singt leise „Have yourself a Merry Little Christmas“ von Hugh Martin.

David und ich tauschen erstaunte Blicke und treten aus der Mühle. Auf der kleinen Bühne steht Laura, die sonst so eine große Klappe hat, und singt leise mit geschlossenen Augen und einer Stimme sanft wie fallender Schnee.

Klaas, der gerade die Instrumente von der Bühne geräumt hat, steht wie vom Donner gerührt da und in seinen Augen leuchtet etwas, was ich noch nie bei ihm gesehen habe. Etwas, das auch in Davids Augen leuchtet, als er mich umarmt.

„Frohe Weihnachten“, flüstert er in mein Ohr.

Und ganz heimlich wünsche ich mir, dass das nicht das letzte Jahr ist, in dem er das sagt. Ich fürchte, Mattis hat recht. Flüchtig kann ich nicht.

Kapitel 25

David

Heiligabend ist da und das erste Mal seit meiner Kindheit kann ich es fühlen: Weihnachten.

Seit dem erfolgreichen Adventsspendenmarkt bin ich ein in einem Weihnachtsmärchen. Einem sehr nordischen, mit viel Wind und ohne Schnee, dafür mit matschig kaltem Schneeregen. Auch jetzt wische ich mir ein Zwischending aus Flocke und großem, kaltem Regentropfen von der Stirn. Aber nichts schafft es, mir meine fröhliche Stimmung zu verderben. Neben mir geht Rieke, ein Lächeln auf den Lippen und einen Scheck in der Tasche ihres Mantels.

Der Tag nach dem Markt war voller hektischer Aktivität. Zwischen Spenden zählen, dem Aufräumen nach dem Markt und der Vorbereitung auf Weihnachten haben Rieke und ich jede freie Minute miteinander verbracht. In ihrer kleinen Wohnung oder am Strand. Denn sie hatte recht: Strandwetter ist eine Einstellungssache. Ich finde es unglaublich schön, mit ihr dicht eingemummelt über den Strand zu laufen, die Wellen und die Möwen zu beobachten und den Wind meine Gedanken aufräumen zu lassen.

Riekes Freunde halfen fleißig dabei, die Stände und die Mühle wieder in ihren normalen Zustand zu versetzen und es ist, als hätten sie mich akzeptiert. Ein bisschen schwer zu sagen, da ihre herzlichsten Freundschaftsbekundungen darin bestehen, mir einen Kaffee mitzubringen oder zu sagen, dass ich „ganz okay“ bin.

Wie auch immer, ich bin albern glücklich und freue mich über die Gemeinschaft, die sich im

Laufe der letzten Tage entwickelt hat. Rieke sieht zu mir.

„Worüber freust du dich so?“, fragt sie lachend.

„Über dich.“ Ich lege meinen Arm um sie und nach ein paar holprigen Schritten schaffen wir es, im Gleichschritt zu gehen.

„Quatschkopf“, murmelt sie, grinst aber nicht weniger glücklich, als wir uns unserem Ziel nähern.

„Und du bist sicher“, fragt sie an mich gelehnt, „dass niemand in Frankfurt traurig ist, dass du die Feiertage hier verbringst? Was ist mit deinen Eltern?“

Ich lache leise. „Meine Eltern sagen, dass Weihnachten etwas für kleine Kinder ist. Nur mit Erwachsenen zu feiern, wäre … albern. Und solange ich nicht mit Enkeln aufwarten kann, fahren sie zu Weihnachten weg.“

Rieke saugt erschrocken Luft ein. „Uh, das ist mal passiv-aggressiv. Kein Wunder, dass du immer so vernünftig bist. Bei den Eltern! Albern. Wow. Das würde sogar meine Mutter vor Neid erblassen lassen. Dabei wäre das genau ihr Stil. Mit Enkeln erpressen."

„Vielleicht sollten unsere Eltern sich mal kennenlernen", schlage ich vor.

Riekes Augen leuchten. „Ja!" Sie denkt kurz nach. „Oder eher nein, auf keinen Fall! Wer weiß, was die sich gemeinsam ausdenken!"

Ich küsse sie. Ich habe nie darüber nachgedacht, dass eine Frau meine Eltern kennenlernen sollte. Geschweige denn ihre Eltern meine. Es muss an der vielen klaren Luft hier oben liegen. Die bringt mich auf die merkwürdigsten Ideen.

∞∞∞

Der Hof von Lars liegt im Licht der untergehenden Wintersonne. Vor dem Haupthaus erhellt ein Feuer den Abend. Die Helfer haben Holzscheite und nicht zu rettende Möbel aufgeschichtet und stehen jetzt in Grüppchen um das fröhlich prasselnde Feuer.

„Winterfeuer“, sagt Fiete und drückt uns zur Begrüßung Becher mit dampfend heißer Schokolade mit Sahne in die Hand. „Da können die am Westufer mit ihrem Biikebrennen gar nicht mithalten, mit unserm Winterfeuer, dat kannst' mi glöven.“

Er grinst zufrieden und gesellt sich wieder zu einem Tisch, auf dem Thermoskannen und Gebäck aufgetürmt sind.

„Sieh mal“, sagt Rieke entzückt, „ein Weihnachtsbuffet!“

Sie zeigt nebensächlich auf die heiße Schokolade in meiner Hand. „Vorsicht übrigens, das ist Tote Tante.“

„Ich ... was?“

Rieke lacht. „Da ist Rum drin.“

Klar, denke ich. Was sonst.

Die anderen Helfer, die bei der Renovierung geholfen haben, sind bereits da und genießen die gemütliche Atmosphäre – und ihren Kakao mit Rum, ganz offensichtlich. Rote Wangen und lachende Gesichter überall auf dem Hof.

Ein Weihnachtsbaum steht vor dem Haus, geschmückt mit einfachem, aber liebevoll ausgewähltem Baumschmuck. Die Wärme des Feuers, der Duft von Tannenzweigen und Holz erfüllen die Luft, und die Stimmung ist festlich und gelöst.

„Huhu, Lars!" Rieke ruft so laut, dass alle Köpfe sich zu uns drehen.

So kann man es natürlich auch machen. Ich hätte vermutlich einen umständlicheren Weg gefunden, die Übergabe des Schecks einzuleiten, aber Rieke ist so … Rieke.

Lars tritt mit einem leicht schüchternen Lächeln auf uns zu, und Rieke überreicht ihm den Scheck mit dem gesammelten Geld.

„Das ist für euch, Lars. Damit du weitermachen kannst und damit Sophie hierbleiben kann … und ihr uns nächstes Jahr auf dem Weihnachtsmarkt Gesellschaft leistest."

Lars nimmt den Scheck in die Hand, seine Augen glänzen vor Dankbarkeit. „Ich … Ich weiß gar nicht, was ich sagen soll." Er hält den Umschlag hoch und deutet eine Verbeugung an.

„Vielen Dank euch allen. Das ... bedeutet mir wirklich viel."

„Genau!", ruft Sophie laut von der Bank, wo sie mit all ihren Freunden sitzt. „Bin auch bannig dankbar!"

Neben ihr sitzt, die Kapuze seines Hoodies tief ins Gesicht gezogen, Malte. Alles, was ich von ihm sehen kann, ist ein kleines Lächeln

Rieke stupst mir ihren Ellenbogen in die Rippen. „Guck, guck! Mission Wunschmuschel erfüllt!"

Ich nicke. „Ich seh schon. Überbordende Freude. Wie ihr Norddeutschen mit den ganzen übersprudelnden Emotionen fertig werdet, ist mir ein Rätsel."

Rieke lacht herzlich. Ich glaube, sie ist die Einzige, die ich hier wirklich verstehe. Ihre Emotionen sind die meiste Zeit deutlich in ihrem Gesicht zu sehen. Jetzt zum Beispiel ist sie glücklich. Oder? Ja. Ziemlich sicher.

Die anderen klatschen und jubeln ein wenig, und Lars nutzt die Gelegenheit, eine kleine Dankesrede zu halten. Es ist berührend zu sehen, wie sehr ihm die Hilfe am Herzen liegt. Als er fertig ist, bekommt er einen Klaps auf die Schulter von seinem Freund Tom. Und jetzt, wo alles so besinnlich ist, werden aus den matschig-kalten Regentropfen sogar richtige Schneeflocken.

Es wäre alles in allem eine absolut rührende Weihnachtsfeier, wenn nicht plötzlich Riekes Mutter auf uns zu gestapft käme.

„Ah, dammich", flüstert Rieke neben mir. „Einfach tapfer lächeln, dann beißt sie nicht."

Ich wäre mir da nicht so sicher, bringe aber mein bestes Lächeln zustande. „Frau Wilken, fröhliche Weihnachten!"

„Mhm." Sie mustert mich abfällig und wendet sich dann an Rieke. „Touristen und Matrosen, habe ich dir nicht beigebracht, dass man sich mit denen nicht einlässt? Geht mich ja nichts an, aber *schon* wieder ..."

Riekes Augen verengen sich und sie holt tief Luft. Ich kann geradezu fühlen, wie sich in ihr etwas sehr Unweihnachtliches zusammenbraut.

„Ich kann ihnen versichern", bremse ich, noch

immer breit lächelnd, Riekes Wutanfall aus, „dass ich nur die ehrbarsten Absichten habe."

„Ach was?", fragt Frau Wilken.

„Ach was?", haucht Rieke.

Kurz entsteht eine unangenehme Stille, deren Zentrum ich bin. Beide Frauen starren mich mit kugelrunden Augen an. Jetzt ein Eichhörnchen. Irgendetwas, das ablenkt. Bitte. Schnell.

„Tja nu." Frau Wilken schnauft und wirft mir einen letzten bösen Blick zu. „Geht mich ja auch nichts an."

Damit dreht sie sich um und stapft wieder davon.

„Genau!", ruft Rieke ihr nach. „Nichts nämlich!"

Dann sieht sie wieder zu mir. „Ehrbare Absichten?"

„Ach, guck", rufe ich. Endlich, mein Eichhörnchen! „Da ist ja Sarah. In Lars' Lieblingspulli, was sagt man dazu."

Kapitel 26

Rieke

Wer sagt denn bitte „ehrbare Absichten"? In welchem Jahrhundert sind wir denn hier? Und davon mal ganz ab: Was soll das heißen? Ehrbar? Bevor ich David fragen kann, aus welchem Regency-Roman er denn wohl gefallen ist, entdeckt mich Sarah und kommt auf mich zu gelaufen. Ihre Wangen glühen und ihre Augen leuchten und das kommt sicher nicht nur von den Getränken, die Fiete fleißig ausschenkt.

Ich reiße mich von den Gedanken über David und seine merkwürdige Formulierung los und umarme meine beste Freundin.

„Hey“, ziehe ich sie auf, „woher hast du denn den Pulli?“,

Sarah grinst und sieht zu Lars, der ein paar Meter entfernt mit Tom diskutiert. „Ich dachte, er steht mir besser.“ Sie flüstert mir ins Ohr: „Und ich habe heute Morgen nichts anderes gefunden.“

Ich lache und freue mich für die beiden. „Wer hätte das jetzt gedacht?“

Sarah strahlt. „Manchmal passieren eben die besten Dinge, wenn man es am wenigsten erwartet.“

„Da hast du recht.“ Jetzt nicht zu David gucken.

„Kommt ihr beiden“, sagt Sarah, „es gibt drinnen was zu essen. Wir haben versucht, weihnachtlich zu kochen.“

Sie kichert und erzählt uns, was sie in der

Küche für die Gäste bereithalten. David murmelt irgendetwas darüber, dass Rübenmus so gar nicht weihnachtlich klingt, wird aber von uns beiden ignoriert. Vielleicht sollte ich ihn für den Rest des Tages ignorieren, weil ich ihn auf keinen Fall fragen will, was er gemeint hat.

Ehrbare Absichten. Pff. Bestimmt nur ein Versprecher. Ein sehr merkwürdiger allerdings. Aber Mama ist wirklich gut darin, Leute die drolligsten Sachen sagen zu lassen, nur damit sie aufhört, so zu gucken, wie sie eben guckt.

Kenne ich aus eigener Erfahrung. Ich habe im Laufe meiner Pubertät einfach alles gestanden. Auch kleinere Vergehen, die ich überhaupt nicht begangen hatte. Warum sollte sie also auf David anders wirken? Zehn Minuten weiteres Starren und David wäre vermutlich auf die Knie gesunken, um mir einen Antrag zu machen, nur, damit Mama ihm nicht den Kopf abreißt. Also: Das bedeutet gar nichts.

Ich mache ein paar Fotos von den zufriedenen Menschen, die sich um das Feuer versammelt haben, und schicke sie Nele. „Dabei hast du mitgeholfen“, schreibe ich.

Dann gehe ich zu David, der sich bereits blendend mit ein paar Leuten unterhält. Ich sehe unseren Bäcker Hannes und Lars bei ihm stehen und wild diskutieren. Alle drei grinsen breit, als hätten den Spaß ihres Lebens. Offenbar kann man David bedenkenlos in eine Gruppe fremder Menschen stecken und zehn Minuten später plaudert er mit ihnen, als würden sie sich schon ewig kennen. Ein dritter Mann steht so hinter David, dass ich ihn erst erkenne, als ich näher komme.

„Oh hey Rieke", David lächelt mich an, als ich zu ihnen stoße. „Ich habe mich gerade mit den Getreidespezialisten und Herrn Hinrichsen unterhalten."

So, so. Unwillkürlich wandert meine Augenbraue nach oben.

„Hallo Heiko", begrüße ich Davids Gesprächspartner. „Er ist Gemeindevertreter, unser Herr Hinrichsen. Er ist für den Grundstücksverkauf zuständig."

„Weiß ich doch", sagt David mit einem kleinen Lächeln.

Mein Magen zieht sich zusammen und ich spüre, wie ich ein kleines bisschen wütend werde. „Herr Hinrichsen“, fauche ich, „freut sich sicher über dein Interesse am Moor.“

„Das Moor?“ Heiko sieht erstaunt aus. „Was ist mit dem Moor?“

David zieht mich beiseite und flüstert: „Rieke, ich habe mich gegen das Moor entschieden. Überhaupt werde ich meinem Boss sagen, dass hier nichts zu holen ist. Kein Baugrundstück, kein Interesse. Nichts.“

„Ach“, flüstere ich zurück. „Sind das deine ehrbaren Absichten?“ Ah, dammich. Jetzt habe ich es doch gesagt. Leider sehr biestig.

David lächelt verlegen. „Sorry, deine Ma macht mich nervös. Nicht auf die gute Art nervös, so wie du. Du hingegen - du bringst mich völlig durcheinander.“

„Ich. Äh. Bidde?“ Ich sehe in seine tiefen, braunen Augen und würde irrsinnig gern etwas Cleveres sagen. Da ist aber nichts. „Du ... du bringst mich auch durcheinander.“

„Und das ist eine gute Sache?“

„Denke schon.“

David grinst verschmitzt und beugt sich zu mir, um mich zu küssen.

Heiko räuspert sich lautstark. „Was ist denn jetzt mit dem Moor?“

„Nichts“, sagt David.

„Gar nichts“, sage ich und himmele ihn ein bisschen an. Weil ja Weihnachten ist und da darf man das.

Kapitel 27

David

Im Strandkieker ist kaum etwas los, also ist es nicht weiter schlimm, wenn ich für eine Stunde verschwinde. Rieke sage ich, ich müsste mit meinem Chef telefonieren, um meinen Urlaub zu verlängern. Ich werde ihn tatsächlich später anrufen und da wird es unter anderem um meinen Urlaub gehen, aber das ist nicht der Grund, warum ich Rieke heute anlüge.

„Bin gleich wieder da", sage ich, als ich meine Schürze aufhänge.

„Ja, bis gleich!" In ihren Augen ist nichts mehr von dem Misstrauen der letzten Tage. Stattdessen ist da etwas Warmes in ihrem Blick, seit ich ihr gesagt habe, dass ich kein Interesse mehr daran habe, in Söteby ein Grundstück zu kaufen. Was nur ein kleines bisschen gelogen war.

Zufrieden wickele ich mir meinen Schal um – der Wind ist heute gemein und kalt – und mache mich auf den Weg. Wer hätte das gedacht? Es ist mir tatsächlich gelungen, Riekes Vertrauen zu gewinnen. Ich nicke Radieschen zu, aber bei der Möwe kann ich nach wie vor nicht punkten, sie weicht noch immer zurück, wenn ich näherkomme.

„Kleiner Feigling", murmele ich in meinen Schal. Ich bin heute alles andere als feige. Heute werde ich den wichtigsten Deal meines Lebens abschließen – wenn nichts schiefgeht.

Ich begegne nur ein paar Touristen auf meinem Weg, keinen Einheimischen, die fragen könnten, was ich vorhabe. Nur Fiete, der mir wissend zunickt, die Mütze tief in die Stirn gezogen, das Schwein an der Leine. Beide, Herrchen und Horatio, tragen dicke Winterpullis. Mit ihm habe ich gestern nach der Feier noch lange gesprochen, er ist ein hervorragender Zuhörer.

„Na, geit dat jetzt los?“ Fiete bleibt stehen und sieht mir forschend ins Gesicht. „Haste dir das auch noch mal gründlich überlegt?“

„Nein“, sage ich grinsend. „Ich habe darüber keine zwei Minuten gründlich nachgedacht. Aber wie gestern schon gesagt: Ich bin mir sicher.“

„Tja nu“, sagt Fiete. „Wer sich im Winter in den Norden verliebt, muss das schon verdammt ernst meinen.“

Ich nicke.

„Und Rieke weiß nichts?“

Ich schüttele den Kopf. „Nein, ich wusste nicht, wie ich es ihr sagen soll.“ Sieh an, ich bin ja doch ein Feigling. „War mir nicht sicher, wie sie reagiert.“

Fiete streicht sich über den weißen Bart. „Kann man nie wissen. Aber sie ist eine Gute. Mach bloß keinen Quatsch, hörst du? Sonst …" Seinen eisblauen Augen funkeln bedrohlich.

„Würde ich doch nie tun", versichere ich.

„Dann man tau." Fiete nickt zufrieden. „Dat Rathaus ist am Kreienredder."

Was immer Kreienredder heißen soll – das Rathaus ist ein kleiner Schatz der norddeutschen Architektur. Die Fassade ist weiß getüncht, die Holztüren eindrucksvoll. Das Eichenholz, aus dem sie gefertigt sind, wirkt tief und robust und erzählt von den Wurzeln dieser kleinen Stadt. Vermutlich hat ein Vorfahre von Torge die Tür mit sorgfältigen Schnitzereien versehen. Sehr hübsch. Wobei ich plötzlich sehr vieles hier sehr schön finde. Mein erster Eindruck stimmte: Söteby würde sich gut auf Hochglanzbroschüren machen.

„Moin." Heiko Hinrichsen wartet bereits den drei Stufen, die zu den schweren Holztüren führen. „Eigentlich haben wir ja heute gar nicht auf. Ich glaube, nicht mal die Heizungen sind an." Er zwinkert mir verschmitzt zu. „Aber für so eine Gelegenheit machen wir mal 'ne Ausnahme, was?“

Er stochert mit seinem Schlüssel im Schloss herum, während ich mich einmal mehr über die kleinen Details freue, die es hier überall zu sehen gibt. So wie die kunstvolle Schnitzarbeit auf den Türen.

Gemeinsam betreten wir das Rathaus. Die Gänge sind mit alten, knarrenden Holzdielen ausgelegt, und ich kann den Duft von Tannengrün und Kerzenwachs in der Luft wahrnehmen, in den Gängen duftet es noch nach Weihnachten, obwohl es vorbei ist. Der olfaktorische Geist der vergangenen Weihnacht, denke ich grinsend. Schön. Aber kalt ist es wirklich.

Herr Hinrichs führt uns in sein Büro, das sich im ersten Stock befindet. Sein Büro ist geräumig und mit alten Holzmöbeln eingerichtet. Ein großer Schreibtisch steht in der Mitte des Raumes, und an den Wänden hängen gerahmte Bilder von früheren Bürgermeistern und historischen Momenten der Stadt. Der Blick aus dem Fenster bietet einen malerischen Ausblick auf das verschlafene Städtchen, und ich kann verstehen, warum Herr Hinrichs so stolz auf seine Heimat ist.

„Tja, dann woll'n wir mal, was?"

Ich nicke. Immer noch habe ich keinen Zweifel, dafür bin ich aufgeregt wie selten zuvor in meinem Leben. Aber das gehört wohl dazu, wenn man sich das erste Mal so unüberlegt in einen neuen Lebensabschnitt wirft.

„Fiete ist immer noch einverstanden?", fragt Heiko Hinrichsen noch einmal. „Er hatte ja auf der Weihnachtsfeier den ein oder anderen Kurzen."

Fiete kichert fröhlich. „Jo. Weiß aber trotzdem noch alles."

Herr Hinrichsen lächelt zufrieden und sieht dabei ein wenig aus wie eine Katze, die gerade einen Vogel verschlungen hat. Ja, es ist leichtsinnig, es ist vielleicht sogar regelrecht dämlich, was ich ihr tue, aber es fühlt sich richtig an.

„Also", frage ich, „wo soll ich unterschreiben?"

Kapitel 28

Rieke

Wie ein Honigkuchenpferd.“ Mama nickt. „Noch n Tee?“

Sie will mir gar keinen Tee anbieten. Eigentlich will sie, dass ich noch einmal nachfrage, aber ich tue ihr den Gefallen nicht. Dass ich den *Strandkieker* mittags geschlossen habe und zu einem Weihnachtsessen bei meinen Eltern bin, ist schon wirklich mutig von mir, da will ich mich nicht auch noch auf diese Diskussion über David einlassen.

„Bist du sicher?“, fragt Mattis an meiner Stelle. „Du hast David mit Herrn Hinrichs gesehen?“

Ich bin so froh, dass er auch hier ist. Für Helene hat er eine schöne Ausrede gefunden, sie ist irgendwo in Sicherheit. Und so sitzen nur wir beide wie früher in der Stube, haben brav den Weihnachtsbaum bewundert und Plätzchen geknabbert. Alles wie früher, nur ohne Gedicht aufsagen.

„Ja“, Mama vibriert vor Freude. Schadenfreude, vermutlich. „Hände schüttelnd vorm Rathaus haben sie gestanden. Bedankt hat der Hinrichs sich und was von Notar und Bank gefastelt. Siehste Rieke, ich hab's dir gesagt. Der zieht das doch durch mit seinen Apartments.“

„Hast du nicht“, murmele ich in meinen Tee.

Tatsächlich ist es das erste Mal, dass wir darüber sprechen, aber natürlich hat meine Mutter ihre Spitzel überall und weiß alles. Immer.

Mein Vater wirft mir einen müden Blick zu, er teilt ihre Leidenschaft für Gerüchte nicht. Ich glaube, ihm ist alles herzlich (und herrlich) egal.

„Jetzt lass die Kinder doch, Gitte", sagt er, wissend, dass das keinen Einfluss auf sie hat. „Wir wissen doch gar nicht, was da los war."

„Du vielleicht nicht, *ich* kann es mir sehr gut denken." Wieder das triumphale Grinsen.

„Mama, David hat gesagt, dass er das Moor nicht kaufen will."

Sie schnaubt verächtlich. „So wie dieser Dingsda gesagt hat, dass er nicht verheiratet ist?"

Mattis grummelt vorwurfsvoll und sogar mein Vater nuschelt empört in seinen Bart. „Lass gut sein, Liebes."

„Was denn?" Mama nimmt sich ein Plätzchen von meinem bunten Teller. „Ich sach ja nur, dass unsere Lütte überhaupt keine Menschenkenntnis hat." Sie tätschelt meine Hand. „Du vertraust zu schnell. Immer schon."

„Weiß ich jetzt nich." Mattis stellt seine Teetasse ab, laut und neben den Untersetzer.

Das ist offene Rebellion. „Ich finde, das ist eine gute Eigenschaft. Vertrauen. Finde ich mutig von Rieke. Kann nicht jeder. So mutig drauflos lieben."

Ich will protestieren, dass ich David ja nu nicht *liebe* und das es ein ziemlich großes Wort ist, Liebe. Aber wenn mein Bruder so für mich einsteht, kann ich ja schlecht dazwischen quatschen. Und außerdem bin ich den Tränen nah, weil ich nämlich gerade gar nicht so mutig bin und es für durchaus möglich halte, dass David sein Versprechen nicht gehalten hat. Und dafür, dass ich ihn nicht liebe, ist das wirklich extrem schmerzhaft.

„Ich ... ich muss los." Ich stehe auf und umarme meinen Vater kurz.

„Aber wir wollten doch noch Scrabble spielen!", protestiert meine Mutter. „Das ist doch unser Familienweihnachten, wir haben doch schon gestern nicht miteinander gefeiert!"

Oh, nein. Nicht auch noch die Schuldgefühl-Masche. „Hab den Herd im Restaurant angelassen", rufe ich und bin schon an der Tür. „Und außerdem schummelst du sowieso immer!“

Ich höre meinen Vater „Das stimmt, Gitti“ sagen und ziehe die Tür hinter mir zu. In genau dem Moment, als die ersten Tränen meine Wangen hinablaufen. Jetzt ist mir das wirklich schon wieder passiert!

∞∞∞

„Nele, kann ich dich in München besuchen kommen?“ Ich sitze auf meiner alten Couch, habe meinen Pulli über meine Knie gezogen und bin froh, dass Nele mich nicht sehen kann. Zwar würde sie kein Wort darüber verlieren, dass ich meinen Pulli ausleiere (das ist ein Mutter-Satz), aber sie würde sehen, dass ich völlig verheult bin. Und das würde zu unnötigen Fragen führen.

Neles Stimme am anderen Ende der Leitung klingt warm und vertraut. „Rieke, das wäre großartig! Ich würde mich wahnsinnig über deinen Besuch freuen.“

„Echt?“ Ich hoffe, sie hat mein Schniefen nicht

gehört.

„Aber hallo!“ Ich höre das Lächeln in ihrer Stimme. „Wir reden so selten. Ich war mir nicht sicher, ob wir … na ja.“

„Noch Freundinnen sind?“

Ich höre ein unbestimmtes Brummeln am anderen Ende.

„Hör mal“, sage ich aufgebracht. „Klar sind wir Freundinnen! Mein Bruder hat sich unmöglich benommen, das hat er von uns allen zu hören bekommen. Mehrmals! Dich so stehenzulassen … nee, das geht überhaupt nicht. Hab zwei Monate nicht mit ihm geredet. Klaas auch nicht. Und ob Ben ihm überhaupt verziehen hat …“

Sie lacht. „Das ist schön. Also, glaube ich. Und ich würde mich irre freuen, mal wieder ein bisschen norddeutsch zu hören.“

„Ach?“

„Das Münchnerische ist ja ganz charmant, aber manchmal … Ben schickt mir seit neustem jede Woche ein nordisches Wort. Das Wort dieser Woche war Bangbüx.“

„Wie süß!“ Ich grinse und vergesse fast, warum ich meine Augen so brennen.

„Ja, total. Das bringt mich aber direkt zu einer wichtigen Frage.“

„Na?“

„Willst du mich wirklich besuchen oder läufst du vor etwas davon?“

Die Frage trifft mich unerwartet hart. Ich zögere einen Moment, bevor ich antworte. „Ich fürchte, ich laufe weg.“

„Ach Mensch. Schiete. Der dunkelhaarige?“

„Mhm.“

Eine Weile schweigen wir beide.

Sicher hat Ben sie über alles auf dem Laufenden gehalten. Alte Petze. Ah, nein. Das war ich selbst. Ich habe ihr von der Weihnachtsfeier noch Fotos geschickt, als der Abend weiter fortgeschritten war und wir mit allen auf den erfolgreichen Markt, auf Weihnachten und aufs Leben angestoßen hatten. Irgendwann hatte Lars bei den Teenagern eine Flasche Schwarze Sau entdeckt und konfisziert.

Und da David noch nie etwas davon gehört hatte, mussten wir natürlich auch damit anstoßen. Grauenhaft. Ich liebe Lakritz, aber in Korn aufgelöster Türkisch Pfeffer – das muss man echt wollen. „Oder vom Dorf kommen“, wie Jan vergnügt gerufen hat. Ich schüttele mich. Aber es kann sein, dass zu dem Zeitpunkt Fotos entstanden sind, auf denen David und ich küssend zu sehen sind.

Schließlich spricht Nele wieder. „Rieke, ich verstehe dich wirklich.“

„Du bist schließlich auch weggelaufen“, sage ich. Kein Vorwurf, nur eine Tatsache. Mein dämlicher Bruder hat sie stehen lassen und am nächsten Tag war sie weg.

Sie seufzt. „War nicht meine beste Idee. So ohne Plan nach München.“

Ich nicke, obwohl sie mich nicht sehen kann. „Ja, ich weiß. Aber du hast es doch geschafft, oder?“

„Ja, aber es war verdammt schwer“, gesteht Nele. „Und ganz ehrlich: Es hat es schwer gemacht, zurückzukommen. Ich hätte vielleicht erst einmal … reden sollen. Mit Mattis. Mit euch. Es ist superschwer geworden dadurch, weißt du? Ich bereue das. Ich habe das Gefühl, als würden die ganzen Gespräche, die ich aufgeschoben habe, noch da oben auf mich warten."

„Willst du denn zurückkommen?"

„Och. Na ja." In ihrer Stimme schwingt eine Sehnsucht mit. „Manchmal vermisse ich das Meer so sehr. Die raue See, den endlosen Horizont. München ist zwar schön, aber es fehlt mir die Weite und die salzige Luft."

Ich nicke erneut, diesmal für mich selbst. „Ich weiß, was du meinst. Das Meer hat eine ganz eigene Magie."

„Siehst du. Und die Leute, die sind auch besonders."

„Besonders dickköpfig?"

Sie lacht. „Das auch."

Wir unterhalten uns noch eine Weile über Alltägliches, aber meine Gedanken kreisen weiter um die Frage, ob ich vor meinen eigenen

Problemen davonlaufen kann oder den Mut aufbringe, sie anzugehen. Ich zupfe an einem Ziehfaden meines Wollpullis, während Nele mir von ihrem Job und von München erzählt.

Als es zwischendurch plötzlich an meiner Tür klingelt, sehe ich aus dem Fenster. David steht auf der Straße und winkt zur mir hoch. Ich ziehe die Gardinen zu. Ach, guck. Es gibt also noch eine dritte Möglichkeit zu Flucht oder Konfrontation: Ignorieren.

„Und warst du auf dem Oktoberfest?", frage ich, während ich die Klingel ausstelle.

„Boah, Rieke! Das kannst du dir nicht vorstellen!"

Lachend und schnackend verbringen wir die nächsten Stunden am Telefon, schicken uns Fotos und versprechen uns, uns wirklich bald zu besuchen. Aber dann nicht als unüberlegte Flucht, sondern als ganz ehrlichen Besuch zweier alter Freundinnen. Und bis dahin werde ich tun, was ich immer tue: Mich um den *Strandkieker* kümmern und mir heimlich einen ehrlichen Mann an meiner Seite wünschen. Nur nicht mehr mit dämlichen Muscheln. Die können gar nichts. Aber das wusste ich natürlich schon immer.

Kapitel 29

David

Der Wind drückt gegen die Tür des Strandkiekers, als ich entschlossen daran ziehe und das kleine Restaurant betrete. Es ist ein eisiger Tag, und die Wogen der Ostsee tosen wild. Definitiv kein Tag zum Surfen. Aber einer, um Dinge zu klären, was mir nicht weniger riskant vorkommt. Nach dem Blick, den Rieke mir gestern durchs Fenster zugeworfen hat

– in Eiswasser fallen kann sich kaum frostiger anfühlen. Ich suche nach Rieke, und mein Herz schlägt schneller, als ich sie endlich entdecke.

„Rieke!“ Ich versuche, sie mit einem Lächeln zu begrüßen, doch ihre Miene ist alles andere als freundlich. Ihre Augen funkeln vor Zorn, und ich kann die Spannung in der Luft förmlich spüren.

„Was willst du noch hier, David?“ Ihre Worte sind scharf wie Klingen, und ich spüre, wie sie mich förmlich durchbohren.

Ich schlucke und versuche, ruhig zu bleiben. „Ich dachte, wir könnten uns unter vier Augen unterhalten. Es gibt etwas, das ich dir sagen muss.“

Rieke lacht kurz und bitter. „Ich wüsste nicht, worüber wir reden wollen. Du hast doch alles mit Hinrichs besprochen, oder?“

Verdammt. Ich hatte geahnt, dass es eine dumme Idee war, daraus ein Geheimnis zu machen.

„Rieke, bitte, lass uns reden.“ Ich versuche, an sie heranzutreten, aber sie weicht einen Schritt zurück und schüttelt den Kopf.

„Reden? Worüber, David? Über das Land, das du gekauft hast?“

Ich fühle, wie der Boden unter mir nachgibt. „Es ging überhaupt nicht um das Land …“

Ihre Augen blitzen vor Zorn. „Das ist unwichtig. Tatsache ist, dass du mir die Wahrheit verschwiegen hast. Du hast ein Stück vom Moor gekauft, um es zu entwässern, nicht wahr?“

Ich fühle, wie die Wut in mir aufsteigt. „Verdammt, Rieke!“ Wie kann sie das ernsthaft glauben? „Ich war noch nie so ehrlich und … verletzlich bei jemandem wie bei dir. Und du misstraust mir immer noch!“

„Zurecht, oder?“ Sie verschränkt die Arme.

„Du weißt doch gar nicht alles.“ Aber ich bin mir fast sicher, dass es jetzt nicht mehr die Überraschung wird, die ich geplant hatte. Wenn sie doch nur sehen könnte, was ich fühle. Aber nein, sie ist rasend vor Wut.

„Ich weiß, was ich wissen muss“, sagt sie. „Du hast Land gekauft und daher finde ich, dass du selbiges gewinnen solltest.“

„Ich soll bitte was?“

„Ah!“ Sie wirft wütend ihre Hände hoch. „Sieh zu, dass du Land gewinnst, David. Tschüss!“

Ich fühle mich hilflos und wütend zugleich. Sollte sie mich nicht ein inzwischen besser kennen? Kann sie uns denn überhaupt keine Chance geben? Ein Missverständnis, und sie ist nicht mal in der Lage, mit mir zu reden? Es fühlt sich an wie ein Schlag in den Bauch. Mit großen Schritten gehe ich mich zur Tür. „Dann viel Spaß mit deinem Misstrauen, Rieke.“

Der Wind peitscht mir ins Gesicht, als ich den *Strandkieker* verlasse, und ich stapfe durch die winterlichen Straßen. Ich bin nicht bereit, von meinem Ziel abzulassen. Ich werde bleiben, auch wenn es verdammt grausam wird, Rieke jeden Tag zu sehen und nicht mehr küssen zu dürfen. Das ist alles furchtbar schiefgelaufen. Da ist man einmal leichtsinnig!

Kapitel 30

Rieke

Die letzten beiden Tage waren eine Qual. Die Wut in mir hat alles überdeckt, und ich habe mich regelrecht in die Arbeit gestürzt. Jeder Winkel des *Strandkiekers* ist auf Hochglanz poliert, aber geholfen hat es nicht. Also außer, dass jetzt eben alles blitzeblank ist und man vom Boden essen könnte. Ganz toll.

Wütend bin ich immer noch. Morgens bin

ich am Strand gewesen, habe gegen den Wind angebrüllt und alles rausgelassen, was in mir brodelte. Hat mir nur fragende Blicke von unserem Nacktbader-Pärchen eingebracht, die sich jeden Morgen todesmutig in die Fluten werfen und danach lachend nach Hause laufen. Normalerweise bewundere ich dieses alte Pärchen, aber im Moment macht mich sogar ihr Anblick wütend. Wie können die so glücklich sein? Was fällt denen ein? Die kennen sich seit hundert Jahren und gehen sich immer noch nicht auf die Nerven, das gehört sich doch einfach nicht!

Überhaupt sind alle um mich herum glücklich. Sarah und Lars sind verliebt wie Teenager und die Teenager Sophie und Malte sind es sowieso, Klaas bekommt Herzchen in den Augen, wenn er Laura sieht (und Klaas war noch nie verliebt!). Sicher gründet als Nächstes auch noch Radieschen eine Familie und dann? Bin ich wirklich die letzte meiner Art. Rieke, Dauersingle.

David habe ich nicht mehr gesehen, nicht einmal sein Auto und Helene sagt, er sei aus der Pension ausgezogen. Natürlich ist er zurück in den Süden gegangen. Vermutlich wird ab sofort nur noch in sonnigen Gefilden gesurft und was immer wir hier hatten, hat er in zwei Wochen vergessen.

Grummelnd schnappe ich mir das Tablett und räume Tische ab. Einen Kellner habe ich auch nicht mehr, das Leben ist einfach durch und durch unfair und nein, ich werde jetzt nicht weinen!

Das Glöckchen über der Tür bimmelt und Fiete kommt herein gestapft. „Na, Lütten? Wie geit die dat?"

Ich werfe ihm einen finsteren Blick zu.

„Ui", Fiete hebt abwehrend die Hände. „Ich frach man lieber nicht, was?"

„Besser ist das. Tee?"

„Jo, das wär lieb." Er setzt sich an seinen Stammplatz und Horatio legt sich zu seinen Füßen. Sogar Fiete hat einen treuen Begleiter, auch wenn er für den Rest so sehr Single ist wie ich.

Ich sollte mir wohl auch ein Haustier zulegen.

Eine Katze. Ach was, gleich zehn. Dann werde ich die schräge Katzenlady von Söteby und das ist doch auch was, wer braucht schon die große Liebe. Ist eh alles nur ausgedacht, romantische Liebe ist eine dumme Idee der Neuzeit. Oder?

Mit zwei Bechern Tee komme ich zurück und setzte mich zu Fiete. Mit ihm schnacken lenkt immer ab.

Und tatsächlich hat er etwas zu erzählen. „Weißt du, was ich gerade gesehen habe?"

Ich schaue auf, ohne wirkliches Interesse. „Was denn, Fiete?"

Er lehnt sich über den Tisch und flüstert (ziemlich laut): „Da hat wer 'ne Muschel in den Stein gelegt."

„Pff", mache ich. Muscheln und Wünsche und all das sind nicht mehr meine Zuständigkeit. „Das ist nicht mehr meine Baustelle, Fiete. Ich hab genug von all dem."

Fiete nickt, als hätte er meine Antwort erwartet. „Ach ja", sagt er, „na, zum Glück bist du auch gar nicht neugierig."

„Nie!“, erkläre ich.

„Weiß ich doch, min Deern. Interessiert bist du.“

„Nicht mal das“, sage ich.

Er tätschelt meine Hand. „Verstehe.“

Wir trinken unseren Tee aus und als Fiete geht, kommt eine Gruppe älterer Damen auf einen heißen Kaffee und Waffeln vorbei. Das Gespräch mit den interessierten Touristinnen ist eine willkommene Ablenkung.

Die eine von ihnen, eine Dame mit silbergrauem Haar und einer Brille, fragt mich: „Entschuldigen Sie, junge Dame, könnten Sie uns etwas über das Rummelpottlaufen zu Silvester erzählen? Wir haben davon gehört, aber wir verstehen nicht ganz, wie es funktioniert.“

Ich lächle die Damen freundlich an und nehme mir einen Moment Zeit, um die Tradition zu erklären.

„Natürlich“, antworte ich. „Das Rummelpottlaufen ist hier an der Küste eine alte Tradition.Zu Silvester ziehen Kinder und

Erwachsene in Gruppen von Haus zu Haus. Sie sind verkleidet und singen Lieder, um Süßigkeiten und kleine Geschenke zu sammeln. Die Kostüme sind oft selbst gemacht und reichen von lustig bis gruselig. Die Leute, die die Gruppen empfangen, belohnen sie mit Leckereien.“

Die Damen nicken interessiert. Die mit der Brille fragt: „Sie haben extra Lieder dafür?“

„Die Lieder sind meist in plattdeutscher Sprache“, erkläre ich.

„Platt können wir nicht.“

Ich seufze und singe ein paar Zeilen. „Rummel, rummel, ruttje, …“

Die Damen hören aufmerksam zu, und ich kann sehen, wie sie sich das Ganze lebhaft vorstellen. Nele hat erzählt, dass sie sich in Süddeutschland oft sehr aufregend und geradezu exotisch vorkommt, und so, wie die drei mich ansehen, kann ich das gut nachvollziehen.

Allerdings hatte ich auch geglaubt, dass David mich aufregend und exotisch findet. Ha! Von wegen. Er hat sich nur bei mir eingeschmeichelt. Wie bei allen anderen, weil er so ein extrovertierter Charmeur ist. Hätte ich wissen müssen. Männern, die viel reden, ist zu misstrauen!

Die dritte Dame, die bisher geschwiegen hat, fragt: „Und dürfen auch Erwachsene am Rummelpottlaufen teilnehmen?“

„Ja, natürlich“, antworte ich. „Es ist eine Tradition, die von Jung und Alt gleichermaßen genossen wird.“

Die Damen lächeln zufrieden. „Das klingt wirklich entzückend“, sagt die Dame mit der Brille.

„Ist es“, erwidere ich. „Wenn Sie hier Silvester verbringen, werden Sie sicher die Gelegenheit haben, das Rummelpottlaufen selbst zu erleben.“

Und ich werde auch dieses Jahr wieder allein mit meinen Freunden um die Häuser ziehen und um Mitternacht freundschaftliche Küsschen statt leidenschaftlicher Küsse austauschen. Das ist doch alles Schiete!

Ich glaube, ich muss dringend noch einmal alle Gläser polieren. Irgendwie muss ich mich ablenken, bevor ich noch irgendwelchen Unsinn mache. Jemanden anrufe zum Beispiel. Oder gucken, was da für ein Wunsch im Stein liegt. Nein, Rieke! Reiß dich zusammen. Das letzte Mal hat nur Pech gebracht, soll das Meer sich kümmern. Ich bin zu vernünftig für so einen kindischen Kram.

Trotzdem schweift mein Blick immer wieder zum Strand, wo der Findling steht. Ich bin nicht neugierig, wirklich nicht. Aber ich kann nicht umhin, darüber nachzudenken, was für ein Wunsch das wohl sein mag. Und ob ich nicht vielleicht doch helfen kann.

Kapitel 31

Rieke

Und jetzt stehe ich doch vor dem doofen Stein. Nur weil ich so früh Feierabend gemacht habe, dass ich noch ein wenig am Strand spazieren gehen konnte. Sonst wäre ich direkt nach Hause gegangen und hätte überhaupt keinen Gedanken an den Stein verschwendet. Keinen einzigen!

Aber es ist so ein schöner Tag, relativ windstill

und so … ruhig. Ich mag diese Zeit zwischen den Jahren, sie fühlt sich so schwerelos an. Morgen ist Silvester. Ich sollte mir wohl Gedanken über Vorsätze für das nächste Jahr machen. Aber Vorsätze haben mich immer gestresst. Zu viele Erwartungen, zu viele Möglichkeiten, zu viele Enttäuschungen. Ich mag Wünsche lieber. Da hat man etwas, worüber man sich freuen kann, wenn sie in Erfüllung gehen, und wenn nicht, ist es auch nicht so schlimm.

Doch in diesem Moment fühlt sich das Wünschen sinnlos an. Ich habe das Gefühl, als hätte ich die Fähigkeit verloren, mir etwas zu wünschen. Alles, was ich in diesem Augenblick will, ist eine Aushilfe für den *Strandkieker*. Hätte ich mir vielleicht gleich wünschen sollen, dann hätte das jemand gefunden und sich bei mir beworben. Stattdessen habe ich wirklich gedacht, David wäre … na ja. War er jawohl nicht. Wünsche braucht kein Mensch.

Trotzdem überkommt mich die Neugier. Ich stehe vor dem Findling und kämpfe kurz mit mir, ob ich wirklich nachsehen soll. Mein Verstand sagt mir, dass es Unsinn ist, aber mein Herz flüstert, dass Unsinn glücklich macht. Und hat nicht Maltes Wunsch dazu geführt, dass viele Leute glücklicher sind als vorher? Lars und Sarah sind glücklich, Malte und Sophie sowieso, und die Helfer haben Punkte fürs Karma-Konto gesammelt. Also ... vielleicht nur mal kurz gucken?

Meine Hand gleitet in die Vertiefung des Steins, und ich hole gleich drei kleine Muscheln heraus. Drei. Da meint es aber jemand ernst. Jede von ihnen birgt einen Wunsch, eine Botschaft von einem Unbekannten, der den Glauben an Wunder noch nicht verloren hat. Ich seufze.

Die erste Muschel enthält den Wunsch: „Ich hoffe, sie vergibt mir." Och. Süß. Aber da kann ich nichts machen. In der nächsten steht „Ich war ein Döspaddel", was weder ein Wunsch noch irgendwie hilfreich ist, auch da kann ich nun wirklich nichts machen. Muss ja jeder selbst wissen, was er mit dieser Erkenntnis macht, da hilft alles Wünschen nichts.

Doch die dritte Muschel ist anders und ich lasse sie fast fallen, als ich die Nachricht lese. „Ich wünschte, Rieke käme bei Sonnenuntergang zur Mühle."

Ach.

Nanu.

Ich fürchte, für diesen Wunsch bin ich tatsächlich zuständig. Da könnte ich etwas machen. Ich schaue in den Himmel, dann auf meine Uhr.

Die Sonne geht in ungefähr einer halben Stunde unter. Treffen an der Mühle. *Unserer* Mühle. Könnte es sein …? Mein Herz pocht wie wild gegen meine Rippen und ich versuche, ruhig zu bleiben. Es könnte ja auch eine Nachricht von Fiete sein, oder? Döspaddel, das sagt ja kein Hesse.

Meine Neugier überwiegt meine Zweifel. Und so beschließe ich, dem Wunsch nachzugehen. Schließlich ist Silvester, die Zeit der Überraschungen.

Kapitel 32

David

Die Sonne neigt sich langsam dem Horizont entgegen. Das zieht sich gemeiner hin als jeder Countdown. Was für eine dumme Idee von mir. Treffen bei Sonnenuntergang! Ich hätte eine Uhrzeit angeben sollen, aber wie romantisch wäre das gewesen? Gar nicht. Und ich will, dass es so romantisch wie irgend möglich wird. Ich will

ihr zeigen, dass ich es wirklich ernst meine und ich weiß inzwischen, dass sie insgeheim eine Träumerin ist.
Und anscheinend spielt auch das norddeutsche Wetter mit: Es hat angefangen zu schneien. Vorbildlich zarte Schneeflocken fallen vom Himmel und liegen wie Puderzucker auf dem Weg und den Rosenbüschen vor der Mühle.

Umgeben von der Stille des winterlichen Abends habe ich Lichterketten an der Tür angebracht, die kleinen Glühbirnen werfen warmes Licht auf den verschneiten Boden. Postkartenidylle vom Feinsten – und ich mittendrin. Wo hat man das schon? Ich kann kaum glauben, dass diese norddeutsche Landschaft es geschafft hat, sich in mein Herz zu schleichen.

Ich muss zugeben, dass die alte Mühle geholfen hat. Genau wie das Meer, das gar nicht mehr so unnahbar und düster scheint. Und die Menschen, die haben auch geholfen, dass ich mich in den Norden verliebe – aber vor allem Rieke, diese sture, träumerische Frau mit den meergrünen Augen, die gerade mit entschlossener Miene durch den fallenden

Schnee stapft.

Ich lehne mich an den Türrahmen und versuche, lässig und sexy zu wirken. Vermutlich sehe ich aber nur aus, als hätte ich einen Krampf. Also stelle ich mich wieder richtig hin. Hoffentlich sieht sie nicht, wie aufgeregt ich bin. Oder hoffentlich merkt sie es doch? Oh verdammt. Ich hatte mir das einfacher vorgestellt.

„Moin", sagt Rieke, als sie endlich vor mir steht.

Ich kann aus ihrem Gesicht nichts ablesen. Bekommen die Leute hier oben Kurse darin, ausdruckslos zu gucken?

„Tach du", sage ich.

„Und nu?", fragt sie.

Gute Frage. Ich hatte mir vorgestellt, dass sie die Muscheln findet, mit wehendem Mantel den Hügel hoch gerannt kommt, mir in die Arme fällt und wir uns vor dem (zugegeben wenig spektakulären) Sonnenuntergang küssen. Es sieht aber nicht aus, als stünden die Chancen dafür besonders gut.

Ich komme mir etwas verloren vor und ich habe keine Ahnung, wohin mit meinen Händen. Wo sind die denn sonst? Baumeln die einfach so rum? Verschränke ich die Arme? Warum gibt es keine Handreichungen für solche Situationen? Verdammte Axt!

„Nun sage ich, dass ich ein Dummkopf war“, erkläre ich. Ich klinge erstaunlich ruhig. Sehr gut. „Ich hätte wissen müssen, dass sich hier alles rasant herumspricht. Aber ich hätte mir gewünscht, dass sich die Wahrheit herumspricht. Na ja, nein. Eigentlich wollte ich dich überraschen, aber wenn schon Gerüchte …“

„Du faselst.“ Rieke sieht mich streng an. Ist da ein Lächeln in ihren Augen?

Ich atme tief durch. „Ja. Weil du mich durcheinanderbringst.“

„Du erwähntest so etwas.“ Da! Definitiv ein Lächeln.

„Ich hätte es dir nicht verheimlichen sollen“, sage ich. „Ich hätte vor allem verstehen müssen, warum du mir nicht vertraut hast.“

Sie zuckt mit den Schultern. „Mhm. Und was

hast du mir nun verheimlicht?“

„Das …“ Ich deute hinter mich. An der Wand der Mühle hängt eine vorläufige Besitzurkunde, die mir Hinrichsen ausgestellt hat. Sie hat zwar nicht die offizielle Gültigkeit, aber sie hat einen hübschen Stempel und trägt meinen Namen. „Ich habe die Mühle Sophie gekauft.“

„Du hast bitte was?“ Jetzt verliert sie tatsächlich ihre kühle Haltung.

„Ich will hierbleiben. Weil ich mich verliebt habe.“

„In die Mühle?“ Rieke sieht amüsiert und fassungslos zugleich aus.

Der Abstand zwischen uns scheint zu schrumpfen, obwohl sich keiner von uns bewegt.

„Auch. Aber vor allem in dich.“

Riekes Mundwinkel zucken. Das ist gut. Oder sie lacht mich gleich aus und geht. Beides ist möglich.

„Und?“, fragt sie.

„Und ich wünsche mir nichts mehr als eine

zweite Chance."

„Sach das doch gleich."

Sie lächelt und mein Herz macht einen Satz. Unsere Lippen treffen sich in einem sanften, leidenschaftlichen Kuss, der all unsere Zweifel und Missverständnisse hinwegfegt. Um uns herum fallen sanft Schneeflocken und in der Ferne rauscht das Meer. Aber alles, was ich wahrnehme, ist diese wundervolle Frau in meinen Armen.

Epilog

Rieke

„Wo soll das hin?“ Sophie und Malte halten einen monströsen Adventskranz hoch.

„So weit weg wie möglich!“ Ich lache und zwinkere David zu, der hinter ihnen in einem Topf mit Apfelglühwein rührt und zufrieden lächelt.

„An die Mühlentür“, schlägt er vor. „Da sieht

deine Mutter ihn gleich und niemandem passiert etwas.“

Sophie und Malte kichern und verschwinden nach draußen.

Sie hat ewig lange an dem Ding gebastelt und es uns mit gewohnter Grimmigkeit überreicht. Weder David noch ich wollten dieses wagenradgroße Kitsch-Ding in der Wohnung haben. Es hat deutlich zu viele Schleifen und dicke Engelchen. Aber wir haben uns schon gefreut, dass sie inzwischen fast freundlich zu David ist und unsere Beziehung akzeptiert. Auch wenn sie ihn weiter den Frankfurter nennt.

Aber er ist angekommen. Hier und bei mir. Mein Lieblingsmüller, denn er hat es geschafft: Die Mühle Sophie mahlt wieder. Kurz vor Ende der Mahlsaison hat David den Betrieb aufgenommen, und er hat es mit der Hilfe vieler freiwilliger Helfer geschafft, sie zu renovieren.

Ein paar Monate haben wir eine Fernbeziehung geführt, denn David war in den Niederlanden, um dort von erfahrenen Müllern zu lernen, was dieses alte Handwerk bedeutet. Er hat gelernt, wie er mit den Seilen umgeht, wie er die Flügel bespannt. Er redet mit Mattis ständig über den Wind, denn als Müller ist er wie ein Segler ein auch ein bisschen Meteorologe. Ohne Wissen über den Wind geht nichts.

„Was denkst du?“ David stellt sich neben mich. „Du guckst wieder so verträumt.“

Ich lache. „Ich denke, dass ich am Anfang dachte, du wärst einer, der nicht anpacken kann. Und jetzt sieh dich an.“

David wirft sich in Pose und spannt die Muskeln in seinen Armen an. „Eine Mühle zu betreiben ist Hochleistungssport.“

„Ich weiß.“ Lächelnd streiche ich über seine Arme. „Das ist mir schon aufgefallen.“

„Nun, wenigstens dafür ist es gut“, er lacht und küsst mich auf die Stirn. „Du wirst einen trainierten Mann an deiner Seite haben. Aber keinen wohlhabenden.“

„Das habe ich mir auch nie gewünscht!“

„Ach, aber den Rest schon?“ Sein Mundwinkel zuckt. „Oh, gib es zu! Du hast dir mich gewünscht! Ich wusste es! Nein, leugnen ist zwecklos, ich kann es in deinen Augen sehen."

Ich bringe ihn mit einem Kuss zum Schweigen.

„Es ist mir egal", flüstere ich, als ich mich atemlos von ihm löse, „ob diese alte Windmühle jemals Gewinn abwerfen wird."

„Weißt du", sagt er leise, „mir eigentlich auch. Weil es mich glücklich macht, egal, was es einbringt. Ich werde noch ewig für meine Ausbildung brauchen, aber solange du bei mir bist, ist alles andere unwichtig."

Ich lächele. Natürlich bin ich bei ihm. Nicht nur ich – schließlich steht eine ganze Gemeinschaft hinter ihm.

Laura hilft von Berlin aus, Werbung für die Mühle zu machen – die alte Sophie ist Sötebys neuste Sehenswürdigkeit, ha! Auch das bringt Gäste ins Dorf, so hat David dieses Ziel auch erreicht. Nur ganz anders, als er sich es vorgestellt hatte.

Lars, der Bäcker Hannes und David haben sich zusammengetan, um regionale Brote zu kreieren, aus Lars' Getreide, von David vermahlen. Ich bin ein bisschen stolz auf meinen Neu-Sötebyer.

„Bereit?“, fragt David.

„Ja, meinetwegen kann es losgehen.“ Wir haben unsere Herdplatten wieder aufgebaut und dieses Jahr verkaufen wir zusätzlich zum Glühwein Backmischungen. Kleine Tüten, die das Emblem der Mühle tragen und Hannes‘ Backhus Logo.

Der Sophienmarkt dieses Jahr ist wieder ein Markt, auf dem auch Spenden gesammelt werden – dieses Mal tatsächlich für die Mühle, denn es ist noch viel zu tun.

„Kranz hängt!“, rufen Malte und Sophie im Chor und lachen dann vergnügt über die Gleichzeitigkeit.

„Siehst du“, sage ich und lehne mich an David. „Du hast gesagt, das hält nicht. Aber die zwei sind doch noch glücklich zusammen.“

„Aber natürlich“, sagt er mit großem Ernst in der Stimme. „Das liegt alles an der Muschelmagie. Ohne wäre das nur eine Teenie-Liebe, zum Scheitern verurteilt. Aber mit

Wunschmuschel … das hält für immer."

„Für immer?" Ich lasse mich von ihm in eine Umarmung ziehen.

„Aber natürlich", raunt er an meinem Ohr und die feinen Härchen in meinem Nacken stellen sich auf. „Eine solche Liebe ist besonders und verwunschen."

„Quatsch und Aberglaube", flüstere ich zurück.

Aber natürlich hat er recht, auch wenn ich das nicht zugeben werde. Das mit uns *ist* besonders und verwunschen. Weil es sich richtig anfühlt, einfach wundervoll. David ist mein Zuhause geworden, mein bester Freund und Vertrauter.

„Kein Quatsch." David lächelt. „Ich werde dich für immer lieben."

Meine Knie werden weich. „Für immer?"

„Mindestens." Er küsst mich wieder. Ein Versprechen in einem Kuss.

„Chefin?", Sophie ruft von draußen. „Kannst du mal gucken, ob das so richtig herum hängt?"

Lächelnd löse ich mich aus Davids Umarmung. Sophie ist meine neue Aushilfe für den Strandkieker, und sie hat jetzt schon versprochen, während ihres Studiums weiter dort zu arbeiten. Die Semesterferien liegen zum Glück in der Hauptsaison. Das ist für mich ein echter Segen, da ich so mehr Zeit mit David verbringen kann.

Er folgt mir hinaus und wir begutachten den Kranz an der Tür. „Vermutlich kann man ihn nur falsch aufhängen und ganz bestimmt hat deine Mutter das mit Absicht gemacht."

Wir lachen und stehen Arm in Arm vor der Mühle, während Klaas und seine Band Weihnachtslieder singen. Der Schnee fällt sanft vom Himmel und verwandelt unsere kleine Stadt in ein zauberhaftes Winterwunderland.

„Rieke", sagt David leise, und ich drehe mich zu ihm. Sein Lächeln ist so strahlend wie die Weihnachtslichter um uns herum. „Ich kann kaum glauben, wie viel sich in diesem Jahr verändert hat. Und ich bin so glücklich, dass du mir gezeigt hast, wie wundervoll Leichtsinn sein kann. Mit dir leichtsinnig zu sein, war das

Vernünftigste, was ich je getan habe."

Ich nicke und lege meinen Kopf an seine Schulter. „Da kann ich dir nur zustimmen."

Er hebt mein Kinn an und küsst mich. Die Lichter um uns herum tanzen im Schnee und werfen einen warmen Glanz auf unsere gemeinsame Zukunft. In diesem Moment weiß ich, dass Wünsche wahr werden können.

ENDE

Nachwort

Liebe Leserin, lieber Leser,

herzlichen Dank, dass du mich (wieder) auf meiner Reise nach Söteby begleitet hast! Ich hoffe, dass Rieke und David in „Wunschmuscheln und Sturmküsse“ dein Herz ebenso berührt haben wie mich beim Schreiben. Wenn ja, wäre es fantastisch, wenn du eine ehrliche Rezension auf einer Plattform deiner Wahl verfassen könntest. Dein Feedback hilft anderen Lesern dabei, zu entscheiden, ob der Roman auch etwas für sie ist. Als Autorin freue ich mich natürlich auch über dein Feedback. Ein kurzer Satz genügt dabei vollkommen!

An dieser Stelle möchte ich mich bei allen bedanken, die bei der Entstehung von „Wunschmuscheln und Sturmküsse“ geholfen haben! Danke auch an die Ehrenamtlichen, die mir mit ihrer Expertise und Begeisterung die Krokauer Mühle erklärt haben.

Ein herzlicher Tipp: Wenn du wieder im Norden bist, schau doch einmal bei der Krokauer Mühle vorbei oder besuche die Mühle Anna in Kappeln … ach, oder überhaupt Mühlen im Norden! Ich finde sie ja alle ganz wunderbar (was du vielleicht beim Lesen gemerkt hast. Möwen, Wind und Mühlen … es ist schon schön hier!)

Die Wunschmuscheln gibt es nicht, aber die Bräutigamseiche habe ich mir nicht ausgedacht. Dort kann man tatsächlich ganz altmodisch einen Brief über Wünsche und Hoffnungen schreiben und so vielleicht jemanden finden, der diese teilt. Ich finde das unglaublich romantisch.

Falls du immer auf dem neuesten Stand bleiben möchtest, was meine zukünftigen Veröffentlichungen betrifft, kannst du dich einfach auf Amazon informieren lassen. Dafür reicht ein Klick auf den Folgen-Button auf meiner Amazon-Seite. Wenn du gern mal „Moin“ sagen möchtest, kannst du mich gern auf Instagram unter julehansen_autorin anschreiben.

Alternativ kannst du mir auch eine E-Mail an julehansen_ostsee@yahoo.com schicken.

Nochmals vielen Dank für deine Begleitung, und ich würde mich sehr freuen, wenn wir uns bald wieder lesen würden!

Liebe Grüße aus dem Norden!

Jule Hansen

Mehr lesen ...

Du willst noch einmal nach Söteby? Begleite die Geschichte von Helene und Mattis in "Bonbons, Strand & Ostseeküsse"

Ein Sommer voller süßer Überraschungen in Söteby!

Als Helenes Verlobung platzt, flüchtet die sonst so vernünftige Berlinerin Hals über Kopf in das idyllische Söteby - ein kleines Fleckchen Erde zwischen Ostseestrand und Rapsfeldern.

Hier hat sie das Haus ihrer Tante Stine geerbt, von der behauptet wird, dass sie in die Zukunft sehen konnte.

Helene hat jedoch nur eine Vision für ihre Zukunft: Keine Beziehungen mehr!

Das ändert sich auch nicht, als sie bei ihrer Ankunft dem charmanten Mattis buchstäblich in die Arme fällt. Und wie gut, dass Mattis, der Skipper, der Segeltörns entlang der Küste anbietet, der Liebe ebenfalls abgeschworen hat.

Helene und Mattis verstehen sich auf Anhieb. Und wie sagt man doch so schön: Zu zweit ist man weniger allein. Da passt es gut, dass Mattis ohnehin immer in der Nähe ist, da er Helenes Tante versprochen hat, das Haus zu renovieren, bevor Helene es verkauft. Und diese Renovierung wird noch mindestens zwei Monate dauern, sagt er.

Also beschließt Helene, in dieser Zeit den nordischen Sommer mit allem zu genießen, was dazu gehört - Sonne, Strand … und Mattis.

Ganz unverbindlich, bevor sie nach Berlin zurückkehrt.

Doch ist das wirklich alles? Hat Tante Stine etwa eine andere Zukunft für die beiden vorausgesehen? Und was hat es mit dem alten Bonbonrezept auf sich, das Helene auf dem Dachboden findet?

Tauche ein in diesen sonnigen und leichten Ostsee-Liebesroman voller süßer Momente und Bonbons!

Ein Wohlfühlroman für alle, die gern Liebesromane mit Happy End lesen und sich mit einem süßen Buch an die Küsten Schleswig-Holsteins träumen möchten.

Zum Buch: Bonbons, Strand & Ostseeküsse https://amzn.eu/d/eSnKHbQ

An die Ostsee geht es auch bei meiner lieben Kollegin Liv O'Malley in ihrem heiteren Roman "Blaubeertörtchen & Strandkorbküsse"

Für alle, die Dänemark und Romantik lieben!

Auf dem Höhepunkt ihrer Karriere als Primaballerina angekommen, verliert Lilly von einem Tag auf den anderen alles. Ihr Freund und Choreograph ersetzt sie nicht nur auf der Bühne, sondern auch in seinem Leben durch eine Jüngere!

Von der Presse gehetzt und gedemütigt, nimmt sie das Angebot ihrer besten Freundin an, über die Sommermonate auf ein hübsches Häuschen in Dänemark aufzupassen. Dort hofft sie, Ruhe und Frieden zu finden, um ihr Leben neu zu sortieren.

Leif ist Journalist aus Leidenschaft und träumt von einem Karrieresprung. Der Chefredakteur-Posten einer neuen Niederlassung ist zum

Greifen nah. Alles, was ihm dazu fehlt, ist eine Knallerstory für sein Magazin. Deshalb kann er sein Glück kaum fassen, als er bei einem Besuch bei seiner Großmutter im kleinen Lillebrynd über die perfekte Gelegenheit stolpert. Eine gefallene Primaballerina, die pressescheu ist und selten Interviews gibt!

Zum Buch:

Blaubeertörtchen & Strandkorbküsse: Ostsee-Liebesroman mit Humor und Happyend! https://amzn.eu/d/2bRQ9oA

Printed in Poland
by Amazon Fulfillment
Poland Sp. z o.o., Wrocław

35811467R00188